あらわにした胸元の小さな凝りを口に含んだ途端、恵が身を震わせた。
比較的どこも感じやすい身体だが、中でも胸は弱い。（P129より）

純潔は闇大公に奪われる

牧山とも

illustration:
しおべり由生

prism bunko

CONTENTS

純潔は闇大公に奪われる

◇◆◇

薄曇りの空の下、深町恵《ふかまちけい》はエコバッグを手に家路についていた。

午後から雨だと天気予報で言っていたので、午前中のうちに近所のスーパーまで買い物に行ってきたのだ。

仕事が休みの週末、若者が取る行動にしては些《いささ》か地味である。とはいえ、恵的には日常だった。なにせ、家庭内で家事全般を一任された身だ。無論、無理に押しつけられたわけではない。

否、むしろ、敬愛する養父の役に立ちたいと自発的にやっている。

今から二十一年前、生後間もない恵は、都内にある教会前の階段に置き去りにされていた。いわゆる、捨て子だ。

弱々しく泣く乳飲み子を見つけた、教会の責任者だった深町孝雄《たかお》司祭は、迷わず小さな命を保護した。そして、警察や役所関係者らとその肉親を捜しだそうと手を尽くしたが、成果は得られなかったという。

乳児を包んだお包《くる》み以外、手がかりになるものがなかったとなれば、それも仕方ないといえた。

そこで、乳児院行きが濃厚になった赤子を、深町が養子にすると申しでた。驚く関係者に、初老の司祭は『これも神のお導きです』と笑い、事務的な手続きを経て恵を養子に迎えた。

それ以来、恵は本当に大切に育ててもらった。

慎ましい生活の中、時々厳しくも、愛情をたっぷりと注がれた。しかし、深町は手元に引きとった養子に洗礼は受けさせなかった。ついでに、自らの宗教観を頭ごなしに押しつけることもしなかった。

少々変わり者の老司祭は、同業者と比べて柔軟な思考の持ち主だった。他宗教にも至って寛容である。

加えて茶目っ気もあり、七十六歳の現在もかなり元気だ。

洗礼の件を恵が訊いたときも、深町の答えはあっさりしていた。

――なにも、自分の意思もへったくれもない乳児の頃に受けずともいいだろう。わけもわからないまま入信させるなんて、ちょっとした詐欺みたいでわたしは嫌でね。せめて、自我をきちんと持てる年齢になってから、自分で考えて決めても遅くはないよ。極端な話、死ぬ間際に洗礼を受けたってかまわないのだから。

にこにこと、司祭にあるまじきそんな持論を笑顔で展開した。

そういう、一種独特の教育方針で育った恵である。ゆえに、司祭に育てられたにしては、感覚的には普通に近い。まあ、聖職者と身近に接する分、関連の知識を一般人よりは多少持っている程度だ。

職業が司祭の父親のもとで生活しているといえばいいだろうか。

恵という名前も、深町がつけてくれたものだ。由来を訊いたら、『恵は神様がわたしに与えてくださった人生最大のお恵みだからね』と優しく微笑んだ。

恵自身の境遇は、早々に知らされていた。

カトリック教の司祭は教義上、生涯独身者だし、噂好きの人々はどこにでもいる。

捨て子という事実に心無い中傷をされて悲しんだ時期もあったが、深町の底なしの愛情が支えとなった。それに、教会や司祭館に出入りする修道女《シスター》たちも、恵をとても慈しんでくれた。

そのせいか、複雑な家庭環境で育ったわりに、恵の性格は少しも捻くれていない。温厚かつ慈悲深い養父の影響を、めいっぱい受けていた。

基本的に、恵は天真爛漫《てんしんらんまん》でおっとりしている。誰にでも分け隔てなく接し、また他人に対して親切すぎるくらい人がよかった。

見ず知らずの人に道を訊かれたら、目的地までついていくほどだ。

一緒にいると和む。落ち着く。貴重なマイナスイオン発生源などと、周囲からは評されていた。一方で、勘違いをされるから少しは警戒しろと、親しい友人たちにはよく注意される。が、意味がわからないと首をかしげる恵は、己の容姿に無頓着だった。

誰が見ても、癒し系の和風美人なのだが、本人は無自覚である。

漆黒の髪が縁取る色白の顔は、各パーツが繊細に整っている。頭部自体、大柄な男の手であれば、片手で摑めそうなほど小さかった。

一番印象的な睫毛の長い双眸《そうぼう》は、大きめながらも一重で黒目がちだ。

矯正するほどではないが、視力が落ちてきたため、対象物をじっと見つめてしまう。それが潤みがちなものだから、余計にいらぬ誤解のもとになる。

ほっそりした身体つきで小柄に見えるものの、身長は一七〇センチあった。

清楚な風情が漂う美人は、下心満載で近づいてくる輩《やから》にまったく気づかない。それどころか、満面の笑みで優しくする。ゆえに、周囲がこぞって心配するという図式ができあがっていた。しかし、恵は自分をしっかり者だと思っているから始末が悪い。

はっきり言って、危なっかしいタイプだ。加えて、色々な意味で鈍感でもある。

自他含めて、感情の機微にも疎い。それでも、愛情いっぱいに育ててくれた養父への恩義だけは、あり余るほど持っていた。

どうにか恩返しがしたくて、考えた末に、深町の仕事を手伝えたらと思った。

さすがに、俗世を捨てて聖職者になる決心はつかなかったので、幼稚園教諭の道を選んだ。

深町は、教会で主任司祭を務める傍ら、併設されている敷地内の私立幼稚園の園長も兼任していたのだ。

これなら、今までどおり家事もできて一石二鳥だった。

そこで、恵は高校卒業後は短大に進学した。そして、今春ようやく卒業し、早速新米幼稚園教諭として深町の幼稚園で働き始めた。

まだまだ失敗も多いけれど、毎日が楽しい。

子供たちは可愛いし、すごく自分に懐いてくれる。保護者の顔も、なんとか全員覚えた。なにより、深町がこの選択を喜んでいるようで嬉しかった。一生懸命頑張って、もっと喜ばせてあげたい。

決意も新たにした恵の視界に、そのときふと黒いものが映った。

「ん?」

よく見てみると、少し先で鴉《からす》が片羽を広げて蹲《うずくま》っていた。

鳥が道端に落ちているなんて、普通ではない。もしかして怪我でもと思い、慌てて駆け寄ると、鴉がさらに羽をばたつかせた。

「お願いだから、じっとして。大丈夫だよ」

暴れる鴉をなんとか宥めて、そっと抱きあげる。

きっちり折りたためずに、だらりと下がった右側の羽が痛々しかった。なるべくそこに触れないよう注意しながら、恵は迷わず近所の獣医へ向かう。たしか、土曜日も午前中は診療しているはずだった。

診察の結果、やはり鴉は右羽に怪我を負っていた。

誰かにエアガンのようなもので撃たれたらしい。骨折していないのが、せめてもの救いだろうと、壮年の獣医は苦笑まじりに言った。

まったく、悪戯にしても性質《たち》が悪すぎる。いくら温厚な恵でも、こんな仕打ちを目の当たりにすると怒りを覚えた。珍しく、犯人に罰が当たればいいのにとすら思った。

なんの罪もない鴉がかわいそうで、完治するまでは自分が保護しようと即決する。

恵の優しさは人間限定ではなく、あらゆる生き物に遺憾なく発揮される。子供の頃など、捨て犬や捨て猫をしょっちゅう拾ってきては、深町を困らせた。

幸い、信徒たちが里親になってくれたが、最後まで責任を持って飼えないのに拾ってくるほうが動物にも気の毒だと教えられてからは、無責任に拾うことはしなくなった。

でも今回は、捨てられていた彼らとは違う。鴉なら、おそらく野生だと思うし、怪我が癒えれば自然に帰っていくはずだ。だから、一時的に面倒をみるにすぎない。

こういう事情なら、きっと養父も許してくれるだろう。

治療を終えて薬をもらうと、恵は鴉を自宅へ連れ帰った。

「ただいま」

声をかけるが、いらえはない。早朝から教区の用事で出かけている深町は、まだ戻ってきていないようだ。

遅くなるかもしれないと言っていたから、帰りは夕方くらいか。

それまで雨が降らなければいいがと思いながら、恵はエコバッグを床に置いた。次いで、抱えていた鴉を、押入れから引っ張りだしてきた空き箱にバスタオルを敷いて入れる。

「ごめんね。うち、鳥籠がなくて。ここで我慢してくれるかな」

傷が痛むのか、力尽きたように横たわる鴉の姿に胸が痛んだ。

軽く頭部を撫でると、漆黒の丸い瞳で睨まれる。気安く触るなと言いたげな眼差しに微苦笑して、箱の上部に大判のタオルをかけた。

「暗くしたほうが落ち着くよね」

野生の生物だから、かまわれると気が立つに違いない。

ゆっくり休んでと囁きかけて、恵はその場を離れた。

先に買い物へ出かけたから、掃除と洗濯がまだだ。仕事で使う教材も手づくりしないといけないし、やることはたくさんあった。

買ってきた食材を冷蔵庫にしまったあと、忙しく家事に励む。

最後に洗濯物を室内干しし終えた頃には、一時間半あまりが経っていた。

教材づくりは午後からにしよう。とりあえず、昼食はなにを食べるかと考えて、ふと思いだした。

あの鴉の容態はどうなっただろう。眠っているかなと思いつつ、リビングに行って箱にかけたタオルをめくり、中を覗いた。

「あれ？」

なんとなく、様子が変だった。さきほども元気はなかったが、今はさらにぐったりして見える。その証拠に、恵がいくら触っても目を開けない。

狼狽《ろうばい》ぎみに呼吸を確かめると、ひどく弱々しかった。

いつこと切れてもおかしくないような衰弱ぶりに、焦りに拍車がかかる。

大慌てで、鴉をタオルに包んだまま抱きあげ、玄関へ走る。もう一度、獣医へ向かおうと自宅の門を出た直後、危うく誰かとぶつかりそうになった。

「ご、ごめんね。今、急いでるから…っ」

てっきり深町が帰ってきたのだと思った恵は、謝罪もおろそかになる。そうして、あとで説明するからと言いかけて顔を上げた瞬間、驚きに双眸を瞠った。

そこには、養父ではなく、見たこともないほど美貌の外国人青年がいた。

見上げるほどの長身も、恵の頭ひとつ分は高い。一八〇センチは優に超えている。もしかしたら、一九〇センチに近いかもしれない。

口角の上がった口元は端正を極め、通った鼻筋からつづく額も秀麗だ。その額にかかる髪は銀《プラチナブロンド》色で、まるで銀糸のように輝いている。なにより、彼の涼しげな双眸が、吸いこまれそうなくらい碧《あお》く澄んでいて美しかった。

これまで、外国人の司祭も何人か見てきたが、こんなに綺麗な人は初めて見る。

男相手に綺麗という感想は不適切だとしても、それ以外に思いつかない。とはいえ、女々しい印象など欠片もなかった。

甘さを一切排除した顔立ちは、ノーブルかつ精悍だった。

すらりと見えるが体格はいい。肩幅が広く、手足も長くて、敏捷そうな感じがした。

あまりの美形ぶりに、状況も忘れて見惚れる。そんな恵と、その手の中にいる鴉を交互に見遣った青年が、なにやら呟いた。

「……っ」

不意を突かれて、恵は咄嗟に息を呑んだ。

銀髪碧眼の彼は、恐ろしく声もよかったのだ。なにを言ったのかは、まったくわからなかったけれど、低く甘く腰に響いた。

うっとり聞き惚れていたら、恵の腕の中で鴉が小さく一声鳴いた。

「あ」

現状を思いだして見下ろすと、鴉は幾分生気を取り戻していた。

目も開けて、両脚で立つ素振りさえする。素振りどころか実際に立ち、痛めているのもかまわず羽ばたきした。直後、止める恵の手元から、青年の肩へと飛び移る。

そして、唖然とする恵の眼前で、しきりに青年へ頬ずりし始めた。

「嘘…」

その馴れた様子から、鴉の野生説があっさり覆される。

おそらく、この青年が飼い主なのだと悟り、不思議と安堵感を覚えた。同時に、事情を説明しなければならないと思い至る。

鴉もまだ本調子ではなさそうなので、心配で堪らなかった。

「あの……その子、誰かにエアガンかなにかで撃たれたみたいなんです。それで、右羽を痛めてしまったらしくて。ちょうど通りかかったぼくが見つけて、ちょっと前に一応獣医さんに連れていって診てもらったんですけど、なんかやっぱり具合が悪そうで。だから、今からもう一度、獣医さんに……って、あ！」

そこに至り、恵はようやく肝心なことに頭が回った。

外国人に、日本語で捲《まく》し立ててしまったと気づき、うろたえる。とはいえ、英語はほとんど話せない。しかも、青年が英語圏の人間かどうかもわからなかった。もし英語以外の言語しか解さない人だとしたら、完全にお手あげである。

日本語も時々怪しい自分に、外国語を巧みに操るのは至難の業だった。

「えっと……どう言えばいいのかな。その……は、How are you?　…じゃなくて」

違う。『ご機嫌いかが？』なんて、悠長に訊いている場合か。ならば、どう言えばいいんだっけと、ぐるぐると脳みそを働かせる。その間、恵の思考は全部、口から出ていたが無意識だ。

考えていることがダダ漏れのまま、あわあわと狼狽しまくる。

「ど、どうしよう。全然だめだよ。困ったな…」

しかし、焦れば焦るほど舞いあがって、適切な言葉が思い浮かばない。でも、早くしないと鴉がと、半ばパニックになりかけた恵に、頭上から甘い低音が降ってきた。

「言葉はわかりますから、ご心配なく」

「……へ⁉」

きょとんと見上げた先で、碧い双眸と視線がぶつかった。

「きみが言ったことは、すべて理解しています。きちんと通じているので、そのまま話してくれてかまいません」

「あ……そうなんですか」

流暢な日本語が返ってきて、純日本人の恵のほうが驚く。けれどもそれ以上に、青年と予想外に言葉が通じるとわかってうれしかった。

「ノワールを拾ってくれて、どうもありがとう。……ああ、ノワールというのは、これの名前なのですが」

「いえ、ぼくはなにも…。まさか鴉がペットとは思いませんでしたけど、でも、飼い主さんが見つかってよかったです」

「獣医にまで診せてくれて、かさねがさね世話をかけました」

「そんな……って、そうだ。獣医さんに行かないと！　その子、具合が…っ」

呑気に立ち話などしていられないと焦る恵に、青年がちらりと視線を横へ流す。

彼の肩に乗った鴉は、数分前の衰弱ぶりなど微塵もなかった。痛めたはずの右羽もきちんと折りたたみ、毛づくろいをしている。

「あ……あれ?」

恵がしきりに目を瞬かせると、青年の端正な口元がほころんだ。

「どうやら、元気が戻ったらしい。きっと飼い主のそばにいなかったせいで、精神的にも色々と不安だったのでしょう」

鴉は案外繊細なのでとつづけられて、そうなのかとうなずく。

なんにしろ、元気になってくれてよかった。一時は本当に危ないのではと心配した分、喜びもひとしおだ。

「よかったね。これからは、外に出るときは気をつけてね」

ノワールに向けて言ったあと、恵は青年に小さく微笑みかけた。

「それじゃあ、ぼくはこれで」

「待ってください」

「え…」

踵《きびす》を返す寸前、肩をやんわりと摑まれた。そのまま、さきほど以上の近距離まで引き寄せられて、顔を覗きこまれる。

驚いて目を瞠る恵を後目に、青年は悪戯っぽい笑みを湛えた。

「お礼もさせてくれないのですか」

「お礼なんて、とんでもありません！」

言いながら、辞退の意をこめて右手を左右に振った。

一連の行動は、そんなつもりでしたわけではない。怪我をしてつらそうな動物を見つけたら、大概の人間は救助するだろう。中には、見て見ぬふりを決めこむ人もいるかもしれないが、たまたま自分は違った。

だから当然のことをしただけだと恵は必死に言い、礼は丁重に断った。

「あの、どうか気になさらないでください」

「あいにく、大いに気になります。いや、ぜひ気にしたい」

「は？」

「お願いですから、お茶の一杯でも私にご馳走させてくれませんか」

「いえ。その…」

「ご迷惑ですか？」

「……っ」

さらに顔を寄せられ、碧い双眸で強く見つめられて困った。しかも、独特な甘い声で熱心に誘いつづけられて戸惑う。

別に、どうしても嫌なわけではない。単に、あらたまって礼をされるのは遠慮したいだけだ。なんとなく、恵も彼ともっと話してみたい気はした。

それに、あまり強硬に拒むのも、却って失礼に当たりそうで迷う。

「きみとこのまま別れたら、きっと私は後悔する」

「そんな、おおげさすぎますよ」

大仰《おおぎょう》な台詞に恵が苦笑を漏らすと、青年に手を取られた。

あまりに自然な仕種で、気にも留めずにいたのが間違いだった。あろうことか、彼はそのまま自らの口元に恵の手を持っていき、指先にくちづけたのだ。

「な……」

驚愕に固まる恵に、絶世の美形が微笑みかける。

「お願いします」

「そ…えっ、あ……あの、あの…」

「後悔したくないのです。私につきあってくれませんか」

「わ、わわわわかりましたから！　その……手をっ」

話しながらもつづいていたくちづけに、恵は真っ赤になっていた。

行為そのものも、青年の唇の感触も恥ずかしくて堪らない。こんなこと、平凡な生活の中ではまず経験しないはずだ。映画や小説ならまだしも、それとて男女間で行われるのが普通である。男同士でなんて、コメディだろう。

きっと、青年は誘いに応じない自分をからかっているのだ。真顔での揶揄《やゆ》に、動悸を覚えた事実がいたたまれない。

小さくかぶりを振って、恵は大きく深呼吸した。

「あの、恥ずかしいので……手を、離してください」

「一緒に来てくれますね？」

「は、はい。行きますから」

結局、やんわりと押しきられた形で応じてしまう。せっかくの彼の気持ちを無下《むげ》にはできないというのもあった。

ようやく手を離してもらったが、指先が熱く感じる。

頬も火照っていて、碧い瞳をまっすぐに見られなかった。

少し歩いてから、街中のカフェへ行こうと促される。青年が唯一、知っているところらしい。店名を聞くと、恵も何度か行ったことのある店だった。

道中、心配していた鴉がすっかり元気になって驚いた。途中、『散歩』と称して空へ放たれ、本当に飛んでいってしまった。

大丈夫かと不安げに呟いた恵に、青年は安心させるように深くうなずいた。その際、背後から回された大きな手で肩を摑まれて、再びうろたえる。

離れようにも、迂闊に振り払うと失礼だろうしと躊躇《ためら》う。

動揺したまま挙動不審になり、話しかけられても上の空になった。そのうち、目的のカフェへ着く。

これ幸いとばかりに、先に立って店内に入った。とはいえ、後ろをついてくる青年を意識してしまい、右手と右脚が同時に出そうになる。

ただでさえ粗忽《そこつ》な恵は、テーブルの角や椅子にぶつかって何度もよろめいた。

落ち着けと必死に自らへ言い聞かせ、案内された奥まった席に座る。どうにか平常心を取り戻し、店員にレモンティーを頼んだ。

「えっと……あなたは?」

「きみと同じものを」

さすがに日本語で書かれたメニューは読めないだろうと気遣うと、青年が艶然と微笑んで答えた。

注文を訊いた店員が去って早速、向かいあわせに座った彼が口を開いた。

「失礼。まだ名乗ってもいませんでしたね。私は、レオンハルト＝ヨアヒムといいます。レオンと呼んでください」

「あ、はい。ぼくは深町恵です」

「恵と呼んでも？」

「ええ。どうぞ」

目を見て話されて、どうにも照れくさかった。また、カフェのテーブルが小さめで、青年との距離が近いから視線のやり場に困る。しかし、彼と話がしたいと思ったのもたしかだ。いつまでも、おたついてばかりはいられない。

頼んだものが運ばれてくる間に、恵は気持ちを切り替えた。そして、持ち前の人懐こさをようやく発揮して話し始める。

レオンの出身国を皮切りに、好奇心のまま色々と訊ねた。

彼は北欧の国の人だった。若くして親の莫大な遺産を相続し、一生働かなくても暮らしていける悠々自適な身の上らしい。

趣味は語学と旅行で、七ヵ国語が話せると聞いて驚いた。

世界各地を旅し、ひとところにほとんど落ち着かない。今回は、知人に会いにきがてら、観光目的で初来日したばかりだという。

「そうなんですか。でも、そんなにいつも旅行に出て家を留守にしてたら、レオンさんのご家族は心配されてるんじゃありませんか」

親の遺産を相続したとはいえ、片親や兄弟はいるはずだ。

そう思って訊ねると、彼がうっすらと微笑む。

「いや。私は天涯孤独なのでね」

「え？　……あ、その…っ」

「私がどこで野垂れ死のうが、気にするような者はいません」

「………」

物悲しい台詞を笑顔でさっくり言われて、逆に対応に困った。

ここで謝るのも、同情が丸わかりだろう。経験上、この手の話題で下手な慰めの言葉は、却って事態を複雑なものにすると知っている。

どう言えばいいかと焦るほど、恵の狼狽がひどくなった。

「あ〜……そそそそう！　ぼくもあの、実は血の繋がった家族はいないんです。赤ん坊のときに捨てられてて。だから、レオンさんとは天涯孤独仲間といいますか、野垂れ死にメンバー候補といいますか…って、違った」

些か無神経な発言に、自分でも呆れて項垂れる。さりげなくフォローするつもりが、微妙に傷口を広げてしまった気がした。

まったく、どうしてこう気の利いた台詞が言えないものか。

自分の馬鹿と、内心で己を詰《なじ》る。

情けなくて恵が唇を噛んでいたら、不意に髪を撫でられた。咄嗟に上げた視線が、レオンの双眸とあう。

「そんなに萎《しお》れなくても、恵の気遣いはわかりましたから」

「レオンさん…」

別段、気分を害していないらしい彼に安堵した。

大人で優しい人だなと感じ入っていると、低い声がつづける。

「もっと、きみのことを教えてくれませんか」

「はい。もうなんでも訊いてください」

罪滅ぼしとばかりに、恵は訊かれるままに自らの身上《しんじょう》を答えた。そうやって話しているうちに、レオンが聞き上手なことも手伝い、残っていた緊張感も解けていく。

三十分が過ぎる頃には、ぐっとうちとけた雰囲気になっていた。つられて、互いの口調も砕けたものへ変わる。

「そうか。恵は幼稚園教諭なのか」

「まだ、なりたてだけどね」

毎日失敗の連続だと肩をすくめた恵に、レオンが真顔で言った。

「優しそうな性格のきみには、適職だと思うが」

「そ、かな。ありがとう」

「まあ、子供と同化できる才能が特化してる感じだから」

「うん……って、ちょっと待って」

後半の台詞は少々揶揄された感じだが、勘違いだろうか。

まさかと思ってレオンを見ると、端正な口元がにやりと笑みの形に歪んだ。

「どっちが子供かわからないんじゃないかな、恵先生」

「！」

今度ははっきりからかわれて、恵の眉間が寄る。途端、彼は冗談だと笑いながら、手の甲で恵の頬を撫でた。

文句を言いつつ、触れられた箇所をなぞって、レオンを軽く睨んだ。なんというか、スキンシップが多い人だと思う。

外国人の感覚的には普通なのかもしれないが、慣れなくてどぎまぎしてしまう。とはいえ、やめろとも言えないから困りものだった。

「レオンさんて、ときどき意地悪なんだね」

恵のせいいっぱいの嫌味も、余裕で受け止められる。

「好意を持った相手には、特に。どうも、甘えが出るらしい」

「そ、っか…」

じっと見つめられたまま、甘く囁かれた。

なんとなく恥ずかしくなって俯いた恵に、レオンがそういえばと話題を変えた。

「時間は大丈夫なのかな。ここへ来て、しばらく経ったが」

「え？　あ、ほんとだ」

店内の壁掛け時計で確認したら、一時間あまりが過ぎていた。

初対面で長々と引き留めるのも失礼だろう。それに、恵には教材づくりがある。

丁寧な仕事をするかわりに、人一倍時間がかかるのだ。今日と明日、二日がかりでないと仕上げられない自信があった。けれど、なぜだか彼と離れ難い。

自分でも不思議に思いながら、暇《いとま》を告げようとした瞬間、恵は唐突に思いついた。

図々しいとは思ったが、言わずにはいられない。

「あの、今日はぼく、もう帰らないとだけど、その……レオンさんさえよければ、あなたが日本にいる間、ぼくにガイド兼話し相手をさせてほしいなって」

「恵?」

不躾な申し出だが、話の流れ的にはそう不自然ではない。

会話の中で、レオンはこの周辺の土地鑑がないと言っていた。言葉に不自由はなくても、それは困るだろう。ついでに、頼みの知人は休日も仕事があるらしい。

今日だって、ひとりで散策中にペットの鴉とはぐれたと聞いた。

見ず知らずの土地では、さぞ困ったに違いないのだ。

そう考えると、ますます気の毒に思えた。彼とまた会いたい気持ちを横へ置いて、恵のいつもの親切心が疼きだす。

「これもなにかの縁だし、ぼくで役に立てるなら。ものすごくマニアックなスポットとかは知らないけど、ひととおりは案内できるよ。って言っても、平日の昼間はぼくも仕事があるから、週末がメインになるかな。平日も夜だったらちょっとは時間が取れると思う。そうだ。電話番号を教えておいたら、いつでも話はできるよね。だから、レオンさんのお友達が忙しい間だけでも……って、あ。もちろん、あなたが嫌なら別に…」

勢いこんで言い募っている途中で、恵はふと我に返った。

押しつけがましくないように言ったつもりだったが、不安になる。無言のまま、こちらを見つめているレオンが心臓に悪かった。

やはり調子に乗りすぎたかと反省しかけた寸前、碧い双眸が細められる。

「嫌だなんて、とんでもない。あんまり嬉しいことを恵が言うものだから、すぐには信じられなかったんだ」

「そ、そう?」

「ああ。嬉しすぎて、今すぐきみにキスしたい気分だよ」

「へ!?」

ぎょっとするコメントをしたあと、レオンが腰を浮かせた。そして、恵が避ける間もなく、端正を極める美貌が間近に迫る。直後、本当に彼のコメントどおりになった。

唇はぎりぎり免れたが、唇のすぐ横にくちづけられてしまったのだ。

「ななにす…っ」

「感謝の印だ」

笑顔で人目も憚《はばか》らず、さらに反対側へも同様にされて意識が遠のきかける。

これも異文化コミュニケーションと思おうにも、純日本人には強烈すぎる。

耳まで真っ赤にしながら、恵は失礼にならない程度にレオンから身を引いた。こういう行為は恥ずかしいけれど、謝礼だと言われては拒むのも難しい。

自分が慣れればいいのかとも思うが、慣れるのもなんだか怖い気がした。

今後、このカフェに来られるだろうかと悩みつつ、恵は火照る頬を両手で冷やす。

なんにしろ、レオンと再び会えるのは嬉しかった。

「じゃあ、ぼくはそろそろ」

ポケットから出した財布を手に言う。すると、彼が優雅な仕種で軽くかぶりを振った。

次いで、財布を持った恵の手を大きな手で押さえるようにされた。

「恵には、ノワールだけじゃなく私も世話になるんだ。約束どおり、せめて今日くらいは私に奢らせてほしい。いいね」

「…う、うん」

接触が気になって、遠慮するどころではなかった。

半ば脅されている気分で、そそくさと恵はうなずいた。


カフェの外で恵と別れたレオンは、雰囲気を一変させた。

それまで意識的に浮かべていた笑みが消えた表情は、極めて冷酷に映る。近寄り難い空気を漂わせて歩きだした途端、どこからともなく一羽の鳥が飛んできた。

それは、恵が保護していた鴉だった。迷わず、レオンの肩に舞い降りる。

年齢的には充分成鳥だが、小さめなせいか幼く見える。漆黒の羽も艶やかな鴉は、だが本物の鴉ではなかった。

『さっきは、ほんとに助かりましたぁ』

中性的なやわらかい声音が、黒い嘴《くちばし》からこぼれた。ありえないほど、人間そのものなめらかな話し方である。しかも、内容に応じてか、ご丁寧にもしおらしい口調だ。

世の中に喋る鳥類はいるが、それらとは明らかに違っていた。なにより、鳥が普通に話す事実に、レオンは平然としている。それどころか、淡々と言い返した。

「僕《しもべ》の分際で、主《あるじ》に手間をかけさせるとはいい度胸だ」

恵に対するものとは異なる不遜な話しぶりで、言い捨てる。途端、鴉があわあわと平謝りしだした。

実は、この鴉は魔族で、レオンの従者でもあった。さらに詳細に言うと、使い魔という分類になる。鴉は仮の姿であり、本体は人型だ。それも、気分次第で男女両方に変身する。

レオンとは契約で結ばれているが、それ以上に熱烈なレオン信奉者で、どこへ行くにもついてくる。

そういうレオン自身も無論、魔族だ。その中でも、最上級に属する。

魔界では『闇の大公』の異名を持ち、真名《まな》をヴァンツェールという。『闇に君臨する者』という意味で、通り名はヴァンだった。

同族間において、互いに真名はまず名乗らない。なぜなら、真名自体が各々の魔族個体のすべてを掌握可能な力を有す、弱点でもあるからだ。

弱肉強食が基本のため、よほど信頼する相手でない限り、真実の名は明かさないのが魔界の常識だ。仮に、同族同士で争った場合、最終的には相手の真名を吐かせる。そうして、真名によって束縛し、下僕とする。

レオンと使い魔の関係もそうだ。もうずいぶん長い間、ノワールは自分のそばにいるが、彼はレオンの真名を知らなかった。逆に、レオンは使い魔の真名を知り、その命すら左右できる（ノワールに限っては、押しかけ下僕だが）。

当然、レオンハルトというのは人間用の名前である。顔立ちや体格が似た人種にあわせて、適当につけた偽名だ。ちなみに、上級魔族は基本的に人の姿でいることが多く、力が強い者ほど、美しい傾向があった。まあ、滅多にないが、レオンも気が向けば、仮の姿になったりもする。

変貌《メタモルフォーゼ》後の仮の姿は、銀色の毛並みで碧い瞳の、巨体を誇る狼だ。ゆえに、人間界で迂闊に変身しようものなら、確実に大騒ぎになる。まして、話せる狼となれば、捕獲されて怪しげな研究所送りになったあげく、解剖されるのは間違いないだろう。

そんな面倒がわかっていて、目立つ白銀の狼姿になろうとは思わなかった。

人間界の言語を操ることは、簡単な魔法の呪文を唱えるよりも容易い。つけ加えれば、レオンは同族と違って、人間に憑《と》りつくのを好まなかった。そこで、人間界へ来るときも、本来の姿のままである。

また、レオンは魔界でも屈指の魔力を誇る、一目置かれている存在でもあった。それこそ、その魔力は桁外れと言っていい。

一方で、頭脳明晰ゆえに狡賢くて計算高い。それに本来の性格は気まぐれで、かなり傲慢で残虐だった。なので、特に人間界では、己の本質を普段は隠して紳士的に振る舞う。そうすれば、まったく怪しまれずにすむと知っている。

要するに、大型肉食獣並みの巨大な猫を、何匹も被っているわけだ。それを脱ぐのは、正体を晒すときである。

あと、普段は碧い双眸が、魔力の発現時と食事中には深紅に変わって本性が垣間見えてしまうが、ばれるへまはしない。

ここでいう食事は、一般的な食物とは違う。

レオンの好物は、人間の精気だった。邪念や憎悪といった負の感情も、美味しくいただく。言わずもがな、これらを多く食するほど魔力も強くなる。

精気の摂取方法は、魔族それぞれだ。ただ、最終的に標的にした人間を殺すのは共通している。

快楽主義者であるレオンは、主に粘膜接触での精気摂取が多かった。てっとり早く相手を虜にして、喰べる。つまり、セックスするのだ。とはいえ、セックスの間中ずっと精気を奪っているわけではない。あくまでも、意識的に『食事』しない限りは単なる性行為だ。瞳の色も、精気摂取中のみ変化する。

もちろん、人間の食事も食べられる。レオン級《クラス》になると、別になにも喰べずにいても平気だし、精気摂食も頻繁でなくともよかった。その証拠に、今回人間界を訪れたのも、ずいぶんひさしぶりだ。

時代の急激な変化に驚きつつも、久々の人間界を楽しんでいた。

『ほんとにすみません〜。道端になんかキラッてするものを見つけて、取りにいっただけなんですけどぉ…』

光モノに弱い鴉の習性を、遺憾なく発揮したらしい下僕の台詞である。

『怪我だけなら自力でどうにかできたのに、うっかり変なのに拾われちゃって。でもでも、ヴァン様ぁ。あの人間、ちょっと妙なんですよぉ。触られた瞬間、なんとも嫌な感じがして、おれ、鳥肌立っちゃいましたもん』

まだ言い訳をつづけるノワールに、レオンが低く突っこむ。

「おまえが鳥肌なのは当然だろう」

鴉の分際でと鼻で笑うと、ちょっぴり恨めしげな目で見られた。

おそらくノワールが人型だったなら、盛大に唇を尖らせているに違いない。

『ちょっとした例えじゃないですかぁ。いちいち指摘しなくてもいいのに……って、それより、ヴァン様。あの人間、絶対普通じゃないですよぉ。ていうか、まさかあんなところに連れてかれるなんて、おれも思わなかったんですぅ』

忌々しげに愚痴るあんなところとは、恵の自宅のことだ。

ノワール的には、獣医に行った段階で逃げだしたかっただろう。しかし、邪気を持たない恵に触れられていては、思うように力が発揮できなかったといった感じか。しかも、連れこまれた先が教会の敷地内では、魔族のノワールにとっては最悪だ。

具合が急激に悪化したのもうなずける。迎えにいったレオンの気に触れなければ、命すら危なかったに違いない。

「たしかに。おまえ程度の力じゃ、あそこからは逃げられんな」

建物は新しかったが、あの場所自体が極めて強力な聖域といえた。

レオンも、出向いてみて納得した。どうりで、自らの使い魔が珍しく緊急ＳＯＳを出したはずだと思った。

正直、最初は面倒で放置するつもりでいたが、あまりにしつこく助けを請われたのと、いつもの気まぐれを起こして足を運んだのだ。

『だからおれ、もう必死にヴァン様を呼んだんですぅ』

「ほっとこうかとも思ったがな」

レオンがわざと本音をこぼす。案の定、鴉のくせに芝居がかった哀れなよろめきを見せて、ノワールがかぶりを振った。

『ひ、ひどいですぅ。あんまりですぅ。ヴァン様の可愛い可愛い使い魔なのに』

「さして役にも立たない使い魔が、偉そうに主張だけするな」

『はぅ』

「今回も、おまえごときを迎えにわざわざ俺が出向いてやったんだぞ」

『あうぅ…』

ちらりと視線を流すと、器用にも鴉が黒い眼に涙を浮かべている。

しばらく散々嫌味を連発したあと、レオンはその小さな頭を指先で小突いた。

「余計な手間はかけられたが、まあ収穫もあったからな。それに免じて、ペナルティはなしにしてやる」

『……へ？』

意外なのか、きょとんと首をかしげたノワールに、にやりと笑う。

ふらりと遊びに訪れた人間界で、美味そうな餌を見つけたと呟いた。すると、使い魔がなにか言いたげな眼差しを送ってきた。しかし、知らん顔でつづける。

「やってきて早々、あんな極上の獲物を見つけるとは予想外だ」

欧米ならともかく、こんな極東の地で教会関係者と知りあうなど考えてもいなかった。

聖職者でこそないが、恵と名乗った青年は身体中に教会のにおいが染みついている。しかも、今時の人間には珍しく、見事なまでに精気も魂にも一点の穢《けが》れがない。

長年様々な生き物を見てきたが、あれは珍種だ。

大概の人間は、多かれ少なかれ悪の部分を持っている。身も蓋もない話、聖職者にでさえ、俗物はけっこういた。

元来、魔族とは対極にある教会組織や関係者がレオンは嫌いだった。二世紀ほど前に、油断してひとりの司祭に深手を負わされて以来、さらに嫌悪感が増幅した。無論、当時の報復はきっちりすませている。

やられて黙って引き下がるような、可愛らしい性格ではなかった。

本来の残虐性を遺憾なく発揮し、その司祭の息の根を止めた。ただし、すぐに楽にはしてやらず、嬲《なぶ》り殺しにしたのは言うに及ばず。最後は、文字どおり八つ裂きにしてやった。恵が教会に連なる輩なのは気に入らないが、せっかく出会った餌兼玩具だ。どうせ暇なのだし、暇つぶしに遊ばない手はない。なにせ、大嫌いな組織と関連した相手を弄《もてあそ》べる絶好の機会である。

それに、なんといっても彼らの精気や命は、上級魔族にとっては最高の珍味だ。

レオン自身は食したことはないが、実際に喰べた仲間に話だけは聞いて知っている。

蛇足ながら、中級以下の魔族だとそうはいかない。逆に、返り討ちに遭う恐れがあるため、あえて危険を冒す者は少なかった。そんな同族にとっては、教会関係者はあまり近寄りたくない存在だろう。そばにいるだけで、気分が悪くなるはずだ。

元々が相容れない者同士なので、互いに目障りなのは確実だった。だから、今回身をもってそれを経験したノワールが、物言いたげな顔をするのだ。

「せっかくの獲物だ。喰わないともったいない」

『まさかヴァン様、これからもあいつと…』

超不本意そうな声音で訊くノワールに、レオンが口元を片方上げた。

「会うが、文句でもあるのか」

『文句なんてとんでもないですぅ。ただ、やっぱりヴァン様の趣味は最悪だなぁって』

「俺に喧嘩を売るとは、命知らずだな」

『あぅ……す、すみません～。この口が、口が勝手に…っ』

幾分声を低めたレオンの台詞に、ノワールがうろたえる。

ものをはっきり言いすぎる傾向の使い魔は、何度失敗しても懲りない。

学習能力が欠落ぎみといえた。しかし、この狼狽ぶりが毎度おもしろい。無論、ときには苛々させられて腹も立つ。面倒くさくて殺すかと思うこともあるが、今回のように助けてやろうと気まぐれを起こすくらいには気に入っていた。

慌てて忠誠を誓い直す鴉に鷹揚《おうよう》にうなずきながら、レオンはひさしぶりの狩りへ思いを馳せる。極上の獲物を、どうやって捕まえるか。考えただけで、舌なめずりしてしまう。

摂食方法に粘膜接触を好むレオンだ。穢れない精気をじっくり味わい尽くすためにも、恵を誘惑するのが先決だろう。

少々強引に迫るもよし、ロマンティックに口説くのもよし。

この手の悪知恵なら、いくらでも浮かぶ。また、そのとおりに演じるのもまったく苦ではなかった。

当然、飽きたら殺す。それが、獲物となった人間が辿る末路だった。

「しばらくの間、楽しめるな」

双眸を細めて呟いたレオンに、ノワールが深い溜め息をついた。


いつものカフェに恵が着くと、すでにレオンは来ていた。

窓際の席で、外を眺めながら優雅にティーカップを傾けている。

やわらかな陽射しに、銀色の髪がいちだんと輝いて見えた。全身の黒衣とのコントラストが、さらにその美貌を際立たせている。

圧倒的な存在感と美しさは、何度見てもうっとりしてしまう。昔、子供の頃に絵本で読んだ天使のようだと思った。本人にもそう伝えたら、なぜか大笑いされて、恵は首をかしげることになったが。

色々な意味で鈍い恵は、レオンになんの疑いも持っていなかった。

人間相手でも、もう少し警戒心を持って然《しか》るべきだ。まして、自身が育った環境と敵対する存在がこれほど身近にいるのに、まったく気づかない。まあ、その存在の有無自体が人間にとっては眉唾もののレオンの正体だ。加えて、彼の騙しっぷりも上手である。とはいえ、恵の鈍くささも相当なものだろう。

こうしてふたりで待ちあわせるようになって、今日で二週間が過ぎている。

初対面以来、互いの都合があう限り、ほぼ毎日会っていた。

平日は恵が仕事と夕飯をすませたあと、ほんの少しだったが時間をつくった。休日は、午後から夕方までレオンの相手をした。

正直、自分の時間は減った。公私ともに、今までよりも多忙になった。

結果、恵は万年寝不足の状態だけれど、別に苦にはならなかった。

レオンと過ごすひとときも、名所観光をするのも楽しい。様々なことを話して、彼との距離が近づいた気がした。しかし、時々返答に困る質問をされるのには参る。

恵の恋愛観に始まり、果てはスキンや潤滑剤が買える店はどこかなど、真顔で訊かれて眩暈を覚えた。上品で紳士然とした美貌のレオンと肉欲とが、結びつかない。

性欲を司るＤＮＡが生まれつき皆無と言われても納得できそうな、気品溢れる姿なのだ。そんな彼の口から、性関連の言葉が平然と出るのが信じられなかった。しかし、返答拒否もできず、恵は赤面しながらもきまじめに答えていた。

最近、よく家を空けるようになった自分に気づいた深町には、理由を話している。

温厚な養父は、『よい心がけだね』と相好を崩して褒めてくれた。単に、困っている人を助けてあげていると思ったらしい。

来月には教区内に新任司祭が来る予定だから、同様に親切にしてほしいと頼まれた。優秀だがまだ若い人で、年が近い恵のほうが、自分よりもいい話し相手になるだろうからと。

それは全然かまわなかったが、そのときの深町の表情が意味深で不思議だった。けれども、深読みするには、相手が養父では分が悪い。なにより、正直なところレオンと会うのは人助けだけが理由ではない分、褒められて少々居心地が悪かった。

親切心以外のものも胸にあるのだが、自分でもうまくそれを説明できないのだ。

「やあ、恵」

「あ」

レオンの待つ席に近づく恵に気づき、彼が笑みを湛えた。

甘い低音で名前を呼ばれて、頬が熱くなる。もう何度も顔をあわせているのだから、いい加減に慣れろと自身に呆れる。が、会うたびに淑女相手にするようなエスコートをされたり、優しい言葉をかけられたりしては、どうにも照れてしまう。

まさか、最上級魔族に本腰を入れて誘惑されているとは思いもよらない。

「痛…っ」

そして、相変わらず粗忽な恵は、席に着こうとして目測を誤った。腰骨をテーブルの角にぶつけて呻《うめ》く。

おもむろに、立ちあがったレオンが隣にやってきた。すかさず肩を抱かれたかと思うと、大きな手で痛めた箇所に触れられる。

「まったく、きみはそそっかしくて目が離せないな」

「ご、ごめんね。あの……大丈夫だよ」

「そうか。でも、けっこう痛そうだったから心配だ。しばらく、撫でさせて」

「そ……撫っ⁈」

労《いたわ》りに満ちた台詞だが、恵的には非常に困った。

即座に拒みたいのに、好意を無下にするのも躊躇われる。まして相手が外国人ゆえに、このくらいの接触は普通かもしれないという迷いもあった。

基本的に無防備な恵も、今までこうも誰かに触れられたことはない。友人同士のふざけあいでも、これほどの密着はほとんどなかった。

恥ずかしながら、二十一歳にもなるのに、恵はキスすら未経験だ。そちら方面については、育った環境が大きく影響している。

鷹揚な性格の養父だが、そこはさすがに奔放ではなかったのだ。

だからといって、性教育を避けないのが深町である。むしろ、避妊の方法などは積極的に教えてくれた。ただし、性行為は本当に愛する人とするものなので、軽はずみにしてはいけないと叩きこまれた。

おかげで、ただでさえ奥手の恵には、レオンの接触が下心満載だと判断できない。

そうでなくとも、会うと必ず濃いスキンシップをされている。いまだに慣れず、彼を間近で感じるたび、動悸、息切れ、眩暈、不整脈まで飛びだす始末だ。

実に、身体に悪い。かといって、心底嫌なわけではないから複雑だった。

「レ、レオンさん、その…」

「やはり痛いか」

「そ、じゃなく…」

端正な顔が至近距離にありすぎて、恵が思わず呻く。極めつけに、テーブルの下で長い脚を絡めるようにされて膝が触れあった。

焦りと羞恥《しゅうち》のあまり、痛みも忘れて抗う。とはいっても、やはりどこか遠慮がちな抵抗しかできなかった。

「いらっしゃいませ。ご注文はお決まりですか」

「……っ」

そこへ店員がやってきた。危うくあげそうになった悲鳴を、恵はどうにか堪える。

カウンター席でもないのに、男同士、隣りあって座る客は滅多にいないと思う。しかも、今の自分は肩まで抱かれている。が、完璧な営業スマイルでなにごともなく注文を訊ねてこられて、逆にいたたまれなかった。

いっそ胡乱《うろん》な眼差しで見られたほうが、まだましな気がする。それとも、やはりこれくらいは別におかしくないのだろうか。友人同士がふざけているようにしか見えないとか。もしくは、具合が悪い人を介抱して見えるとか。

自分だけが妙に気にしすぎかと悩む恵をよそに、レオンは泰然と言った。

「そうだった。恵のオーダーがすんでなかったな」

なににする？　と微笑む美形との、何度目かの習慣の違いを痛感した。

力なくコーヒーを頼み、去っていく店員の背中を見て溜め息をこぼす。

「レオンさん、もう平気だから、あの……離れてくれるかな」

不快にさせないよう気をつけて言いながら、広い胸をそっと押し返す。

「本当に？」

それにはびくともせず、耳朶を嚙む勢いで囁かれて、恵の頰が引き攣った。けれど、嘘がつけない正直者ゆえに、逡巡のあと、本音を漏らす。

「まだ少し痛いけど、今の状態のほうが恥ずかしくて、困るから…」

離れてほしいとあらためて訴えると、レオンが低く笑った。

それでも、恵の意思を尊重して身体を離し、向かいの席に戻ってくれた。ほどなくしてコーヒーも運ばれてきて、一口飲んでようやく安堵の吐息をつく。

「この程度で恥ずかしがるなんて、恵はシャイだな」

楽しげな台詞に、恵が小さく唸った。眼前の彼を、軽く睨んで言い返す。

「ぼくの反応はごく一般的だよ。普通、恋人同士とか、小さい子がいる家族間以外、大抵の日本人はそんなにスキンシップしないと思うし」

「なるほど。恋人同士なら普通なのか」

「まあ、それはね」

「じゃあ、恵を口説けば問題ないわけだ」

「うん。それなら問題な……ん？」

あまりにもさらっと言われたせいで、恵はうっかりうなずきかけた。

その意味を把握した途端、持っていたコーヒーカップを落としそうになる。それを阻止してくれたのは、レオンの手だった。

「困った子だな。こぼしたら大変だろう。ほら、しっかり持って」

「ごめ……って、あああの、あのっ」

「ん？」

コーヒーカップを持つ恵の手を包んだままの彼と視線が絡む。

聞き間違いかもと思いながら、とりあえず確かめた。

「今、なにが問題ないって…」

「ああ。私がきみを口説くことがだが」

「く……!?」

端麗な笑顔での即答に、思わず絶句した。

いくら恋愛方面に疎い恵でも、『口説く』の意味はわかる。しかし、そういう言動は普通、異性にするものだろう。間違っても、同性に言うべきものではない。

一般的な常識の範囲内で育った恵の中では、異性同士の恋愛が前提だった。

レオンの非常識な発言が、ぐるぐると脳内を回る。ただでさえ色恋沙汰が苦手なのに、男同士のものなんてまったくの想定外である。

まさに未知との遭遇で、恵は右も左もわからなくなった。

容量を超えかけた脳みそが、微かな期待に縋りつく。

そうだ。自分の聞き間違いではなくて、きっと彼の言い間違いだ。

だってレオンは異国の人だからと、懸命に動揺を堪えて訊ねる。

「レオンさんてば、口説くっていう言葉の意味がわかってないでしょ」

「私がきみに惹かれてると言ってもかな」

「惹……」

しかし、彼は恵の最後のよりどころもばっさり切り捨てた。その上、さらにたたみかけるようにつづける。

「もちろん、特別な存在としてだ」

「特……」

「はっきり言おうか。恵、私はきみが欲しい」

「……っ」

ストレートすぎる告白に、恵の頭はもはや真っ白になった。

ぽかんと呆けた表情で、眼前のレオンを見つめる。

再び落としかけたコーヒーカップを、彼がソーサーに戻してくれたのも気づかなかった。

それよりも、その手を強く握られたことのほうに意識が向く。

身を乗りだしてきたレオンとの距離が、さらに縮まった。

「正直に白状すると、きみに初めて会ったときから、ずっとそう思ってた」

「はぁ…」

激しく熱烈な台詞に、恵はどう答えればいいかわからない。

ここまで直截《ちょくせつ》かつ情熱的なアプローチが、初体験だったせいだ。

実際のところ、過去に何度か告白めいたこともされているのだが、なにせ鈍い。遠回しに言われても気づかず、結果的にフった相手が片手に余る罪つくりぶりである。

対処方法に困って途方に暮れていたら、ふとレオンが表情を曇らせた。

「やはり、迷惑だったようだな」

「え？」

「それとも、突然こんなことを言って軽蔑されたかな」

「あ、や……そのっ」

ひどく悲しそうな顔をされて、なぜか焦った。加えて、握っていた恵の手を苦笑まじりに離したレオンが身を引こうとする。思わず、彼の手を摑み返してしまった。

軽く瞠られた碧い瞳に、小さくかぶりを振りながら恵が言う。

「別にあの……迷惑とかじゃ、ないし。レオンさんを軽蔑なんかも、全然してないよ。ただなんていうか…えっと、びっくりして。ぼく、こういうの初めてだし、どう言ったらいいのか、よくわからなくて。だから」

なんとも曖昧な返事だが、とにかく誤解はしてほしくなかった。

レオンに対して、否定的な気持ちは誓ってない。それだけはわかってくれと、恵は拙い言葉で言い募った。

同性に告白されているにもかかわらず、嫌悪感がないのが我ながら不思議だった。

「ごめんなさい。ぼく…」

「その謝罪は、どういう意味だろう」

「え…?」

いつの間にか微笑を取り戻した彼に、囁くように訊ねられる。

恵が摑んでいた大きな手が、逆に指を絡めるようにしてきた。そうして、ぐっと力をこめて引き寄せられ、目の前で囁かれる。

「結局、私の告白は断るってことか」

「あ。ちが…っ」

「違うのか。それはよかった」

「そ……」

それも違うと、反論しかけて恵はジレンマに陥る。

咄嗟に、レオンの悲しむ顔を見たくないと思ったから、反射的に否定していただけの話だ。しかし、うれしそうな彼の笑顔を見ると、今さら取り消すとも言えない。

微妙な表情で唸る恵をよそに、レオンは上機嫌だった。

その後、カフェを出ようと促され、支払いをすませて外に出る。

恵も、今後の今日の予定へとどうにか気持ちを切り替えて、隣の彼を見上げた。

「レオンさん、どこか行きたいとこ……!?」

訊ねている途中で、いきなり腰を抱き寄せられた。おまけに、こめかみに唇まで降ってきて固まる。

人も車も多い休日に、大胆すぎる行動である。現に、通りを行きかう人々でうっかり恵に目をやった人たちが、目を丸くしていた。

恐ろしい事態に蒼白になりつつ、恵は抗った。

「ななにして…」

「口説きのつづきだ。まだ返事をもらってないからね」

「そん、な……人が見てるのに」

なにも、こんな公共の面前で再チャレンジしなくてもと内心頭を抱える。

失礼ながら、レオンは羞恥回路が機能不全ぎみなのではと疑った。そうでなければ、こうも堂々と衆人環視のもとで恥ずかしい言動は取れまい。

「他人はどうでもいいから、私のことを考えてくれないか」

「無茶言わないで」

「じゃあ、ほら。これでまわりは見えない」

「‼」

唐突に、恵の目の前が暗くなった。

あろうことか、彼の胸元に顔を埋めるように深く抱きしめられたのだ。

なるほど、たしかに自分からはなにも見えない。かといって、呑気に礼を言うほど恵も馬鹿ではなかった。

周囲からは丸見えの羞恥極まる状態に、さすがに拳でレオンの胸板を叩く。

「恥ずかしいってば。人前だよ！」

「気にしなければいい」

「無理なの。気になるの。お願いだから、離してっ」

如何《いかん》せん、街中である。自宅からものすごく遠いわけでもないし、顔見知りがいてもおかしくなかった。最悪、職場の同僚や園児の父兄などに見られたりしたら、あとでなにを言われるかわからない。

遠慮も忘れて抵抗する恵に、彼が耳元で囁いた。

「わかった。人目がないところでなら、口説かせてくれるわけだな」

「う……まあ」

本当は違うけれど、とりあえずうなずいておく。今は、この状況をぬけだすほうが先決だった。すぐに腕をほどかれて安堵したのも束の間、手を背中に添えられて歩かされた。

それでも充分、気になったが、レオンは譲らない。

あきらめて行先を訊ねると、彼の家だと言われて驚いた。

「レオンさんのうち？」

困惑もどこへやら、興味津々で目を輝かせる。自分を口説いている相手のテリトリーに入る危険性を、鈍感な恵はまったく認識していなかった。

世話になっている友人宅だが、昼間は自分ひとりだから遠慮はいらないと説明されても『へえ』ですませてしまう間ぬけぶりだ。

レオンが端正な口元を意味深に笑み歪めたことも、全然気づかなかった。


己の領域内への獲物誘導は、あっけないほど簡単だった。

閑静な住宅街の中に建つ瀟洒《しょうしゃ》な洋館へと、レオンは恵を連れこんだ。

しきりに、すごい家だと感心している無防備さがおかしい。本当はどうやってここを手に入れたか教えてやりたくなる。本来の家主を破滅へ導いたあげく、騙し奪ったと知ったら、どんな顔をするだろう。

その無垢な心を、ひどく穢してみたい。いや、実際に穢してやると内心舌舐めずりしながら、レオンは表面上は微笑みを絶やさない。

「さあ、そこへかけて」

広いリビングのアンティークのソファへ、彼を案内する。

遠慮がちに座ったその右隣りに、自らも腰を下ろした。おもむろにソファの背もたれに腕を置き、身体ごと恵に向き直る。

そこに至り、己の状況を思いだしたのか、恵が落ち着きを失くした。

俯き視線を泳がせて、こちらを見ようとしない。しかし、頬を上気させていては、レオンを意識しまくっているのが丸わかりだ。

実に単純で扱いやすいと目を眇《すが》めつつ、さらなる誘惑をしかける。

「恵、私を見てごらん」

「う……」

「ちゃんと、きみの目を見て口説かせてほしい」

「えっと、その……もう充分っていうか」

「いや、不充分だ。だいいち」

「へ？」

多少強引に華奢な顎を摑むと、すっと彼に顔を寄せた。まさしく、吐息が触れる距離で低く囁く。

「私はきみのここに、まだキスもしていない」

親指で小ぶりの唇を撫でての台詞に、恵が魂のぬけたような表情になった。

思ったとおり、性的な方面に不慣れな様子が笑みを誘う。そのまま、レオンは目の前にある唇に自らのそれを軽く押しつけた。

「んむ!?」

驚愕からか、双眸を見開いた彼が秒速で固まる。

返ってくる反応が、いちいちおもしろい。レオンの長い生でも、教会関係者に進んで手を出したことはないので、この手応えは新鮮だった。

ひょっとして、恵はこういう行為自体に禁忌の念を持っているのかもしれない。しかも、同性同士の恋愛は彼が育った環境上、禁じられてもいる。

モラルを破る恐怖と罪悪感に震える魂は、さぞ美味だろう。

「や、め…っ」

我に返った恵がかぶりを振り、慌ててくちづけをほどく。

狼狽しつつも逃亡を図った細い身体を、レオンは難なく引き留めた。そうして、倒れこむように体勢を崩した彼を、きつく抱きすくめる。

「離して、レオンさん。やだっ」

「『嫌』の理由は？」

「え……」

「私が嫌いだからか。それとも、単に恥ずかしいのか」

「そ……」

「教えてくれないなら、先へ進もう」

「や、ぁ…っ」

朱に染まった恵の耳朶を甘噛みする。途端、腕の中で抵抗が強まったが、レオンにはどうということもなかった。耳から顎のラインにかけて唇を這わせ、首筋に吸いつく。

服越しに彼の痩身を撫で回していたレオンの手が、小さめの尻を鷲掴んだ。

「レレレレオンさん！」

こちらの肩を両手で押し返しながら、恵が動揺しまくって上体を離す。その頃には、彼の体勢はレオンの腰を跨《また》いで向かいあわせに座る格好になっていた。

少し高い位置にある黒い瞳が、困ったように揺れている。

無性に嗜虐心を煽る顔つきに、思わずのどが鳴った。

本来の獣性に目覚めかけたレオンに気づかない恵が、困惑ぎみに言う。

「こういうのは、その……だめだから。もう、やめようよ」

ね？　と首をかしげられても、聞く耳は持たない。

猛獣の檻に手を入れておいて、噛むなと言われたところで無茶な話なのと同じだ。自ら懐へ飛びこんでしまったからには、覚悟してもらう。

「だいたい、あなたもぼくも男だし」

「それはたいした理由にならない」

「いや。そこが一番問題な気が…」

「私はきみが欲しいと言ったはずだ」

「んんっ!?」

案外冷静な突っこみをしてくる恵の唇を、レオンはくちづけで黙らせた。

必死に振りきろうとする彼の後頭部を摑み、さらに深く貪る。口内の奥で縮こまっている舌を見つけて、やんわりとつついた。

驚いて逃げ惑うのを許さず、自らの舌を絡め、吸いあげ、引きずりだす。

「っは、ぅ…ん」

何度も角度を変えては、吐息ごと奪った。

息苦しいのか、途中、弱々しい拳で恵に肩口を叩かれた。制止を訴えているのだろうとわかったが、レオンはあっさり受け流してつづける。

啜《すす》る彼の唾液は驚くほど甘かった。さすがは極上の獲物と満足しつつ、身じろぐ細腰もいやらしく撫で回す。

骨格そのものが華奢なせいか、そこはレオンの両手で摑めそうな気がした。ぜひ、裸に剝いて実物を確かめねばなるまいと、慣れた手つきで、恵のジーンズのフロントに手をかける。気づいた彼が、さらに激しく抗った。

「ん……っや」

くちづけを振りきった恵が、混乱もあらわな表情で喚《わめ》く。

「だめ、だよ……レオンさん、だめっ」

「あいにく、もうやめられない」

「だって、こんなことは……ちゃんと、愛する人と…」

「私はそのつもりだが、きみは違うのか」

「へ？　……あ、ゃ…っ」

下着越しに彼の性器を撫でながら、レオンが心にもないことを平然と言った。当然、本心では、恵のことなどまったくなんとも思っていない。否、教会側に近い人間な分だけ、むしろ悪意のほうが勝る。まあ、端的に言えば、単なる『餌』だ。

それでも、本音を言うほど愚かではないので、偽りだらけの甘い言葉を紡ぐ。

なにせ、嘘をつくのは魔族にとっては朝飯前だ。呼吸と同じくらいの日常行為である。己の真名にかけて誓わない限り、口約束なら平気で破る。そもそも、種族的に信頼とか誠実さからは縁遠かった。

誑《たら》しモード全開のレオンは、手段を選ばない。相手を虜にするために、これでもかと甘ったるい台詞を吐く。深く考えなくても、弁護士並みの口達者ぶりに加え、長年磨きまくった舌は、立て板に水とばかりに甘言《かんげん》を垂れ流す。

すべては、狩りに必要な手順だ。罪悪感など微塵もない。

「私は、きみを愛してる。だから、きみが欲しい」

「……っ」

わざとゆっくり囁いた。途端、恵の顔が耳まで真っ赤に染まる。

初心《うぶ》な反応に噴きだしそうになるのを堪え、彼の唇を再び啄んだ。

「恵、きみは？」

「う…」

「ここがこうなってるってことは、少なくとも嫌ではないはずだな」

「はぅ…ん、や……ちがっ」

「シャイなきみの返事はあとで訊こう。今は、こっちをどうにかしたほうがよさそうだ」

緩く勃起しかけた恵の性器を、レオンが指先で弾いて笑う。

嫌だとかぶりを振って抗われたが、やめない。遠慮なしに下着の中に手を入れて、直接彼自身に触れた。

「ひゃ……レ、レオンさ…！」

全身を震わせた恵が、目に涙を溜めてレオンを呼ぶ。

絡んだ視線に微笑み返し、唇を甘噛みしながら囁いた。

「もう先が濡れてる。音がほら」

「や…っ」

先走りのぬめりを、わざと水音を立てて聞かせる。羞恥に歪んだやわらかな頬を、レオンは唇から移動させた舌で舐めた。

「感じやすいな。自分でするときも、こうなのか？」

「知らな……あ、っふ……んん」

「いやらしくて、実に可愛い」

言いつつ、未熟な性器の先端を親指の腹で円を描いて撫でる。ほどなく、若い肉体は快楽に堕ちてきた。

レオンの手の中で完全に育ちきった彼に、ほくそ笑む。

「あっあ、ん……や、めっ」

「今、やめてつらいのはきみだ」

「でもっ……ゃん…あ、あ……も、出っ…」

出るから手を離せと言われて、あっさりうなずくわけがない。

本来の性悪さが透けて見えそうな笑顔で、レオンは恵を唆《そそのか》した。

「恵。そういうときは『いっちゃう』と言うのが常識だ」

「そ、んな常識なんか…あるわけ……な…でしょう!」

さすがに、それは違うと知っていたらしい。

即座に眉をひそめた彼が、レオンを睨んで叫んだ。それを笑って受け流し、さらに追いつめていく。

「ん……レオンさ…っあ……いやぁ」

「いいから、出してごらん」

「や、あ…んぅ」

だめだと踏ん張る恵の性器の先端に、レオンが爪の先を食いこませた。

「っく…」

それがとどめとなり、細い身体が一瞬硬直する。ついで、かすれた悲鳴を漏らして彼が吐精した。

ゆっくりと倒れこんでくる上体を、余裕で受け止める。息を弾ませている薄い肩を後目に、レオンは濡れた自らの手を迷わず口に持っていった。

「これは、唾液以上の絶品だな」

目を輝かせて感嘆の呟きを述べた途端、肩を拳で叩かれた。

摂食で深紅に変化した双眸を見られる心配は、恵が瞼を固く瞑っているのでない。が、羞恥で消え入りそうな風情ながらも、柳眉をひそめて彼が言う。

「なに、してるの…!?」

「きみの精液を舐めてる」

「舐…っ」

嫌な予感がしたらしい恵に平然と答えると、絶句された。今にも泣きそうに歪んだ表情が、レオンの劣情を煽る。

「恵の精液は、甘くて美味しいよ」

「そ……」

「癖になりそうな味だ。ああ。もったいないから、こっちも舐めようか」

「へ？　…って、な……ちょ…っ」

まだ呆然としている恵の下半身を、手早く下着ごと裸に剝く。

遅まきながら抗う彼を難なくソファに押し倒し、ほっそりした両脚を大きく開かせて、のしかかった。

「やだっ。こんな……レオンさん！」

恥部がすべて丸見えの格好は、さすがに耐えられないらしい。

これまで以上に暴れられたが、レオンの前では児戯に等しかった。余裕で抵抗を抑えこみ、彼の性器をすっぽり銜《くわ》える。

吐精直後で濡れているそれを、舌を使って嬲った。

「っひ、ぅ…」

羞恥が限度を超えたのか、恵が涙腺を決壊させた。

涙声でやめてくれと懇願されたものの、無視してさらに泣かせる。

手での刺激より口淫はなお強烈だったようで、彼は瞬く間に昇りつめた。

「あ、っん…や、や……またっ…だめ」

「何度でも出せばいい」

「くっ……ゃ…ああぁ！」

レオンの髪を両手で掻き乱しつつ、恵は二度目の射精を迎えた。

細い腰を突きだし、全身を震わせて甘い蜜を吐きだした。一度目と比べると、量は少なめだったが、美味ぶりは変わらない。

搾りとるように一滴漏らさず吸いあげる頃には、恵はぐったりとなっていた。彼の性器から顔を離したレオンがほくそ笑む。

この疲労具合は、単なる射精疲れだけでなく、一緒に精気も啜った結果だが、罪悪感はなかった。それどころか、この先も遠慮なく奪うつもりでいる。

口元を舌で拭ったあと、レオンはおもむろに上体を起こした。そして長い腕を伸ばし、恵の上半身の衣服にも手をかける。

「やめ…」

身じろいで拒絶を訴えられたが、やんわり躱《かわ》す。その際、色の変わった双眸を隠す意図もあり、念のために自らの首からぬいたネクタイで彼の目元を覆った。

数秒後には、レオンは全裸の獲物を視姦していた。

「細いな」

想像以上に華奢な肢体だった。しかし、手足は長くバランスはいい。

正直な呟きに自らの裸体を隠そうと無駄なあがきをする恵に、またも心にもない台詞を囁いた。

「とても綺麗な身体で、思わず見惚れたよ」

「そ、んなこと…」

「だから、実はこうなってる」

「なに……って、ひ!?」

恵の手を己の股間に導いた途端、彼が大きく息を呑んだ。その狼狽ぶりに、レオンがにやりと笑う。

「だから恵、私とセックスしよう」

「セ……っ」

往生際悪く逃げだそうとした獲物を、狩人が逃すはずがなかった。

身体の奥、信じられないような箇所を、恵は第三者に弄《いじ》り倒されていた。

くちづけすら初体験の身に、いきなりの性行為は強烈すぎる。それも、初っ端からディープキスだのフェラチオだのされた。あげくの果てには、目隠しされて恥部全開の大股開きで、後孔にレオンの指を三本も挿《い》れられている。

恥ずかしくて苦しいのに、未知の感覚も覚えて戸惑った。

こんなことを同性同士でしてはだめなのに、甘い声で愛を囁かれると、胸が震えて強く拒めない。かといって、自分もレオンと同じ気持ちなのかは曖昧だ。

ただの好意と愛情の違いが、恋愛初心者の恵には判断が難しい。しかも、罪の意識が先に立って情緒不安定になる。なにより、彼の愛撫が濃厚を極めていて、思考をまとめる以前に快楽へ流されてしまう。視界が閉ざされている分、感覚も鋭敏になっていた。

初めてづくしのセックスは、破廉恥《はれんち》三昧で泣きどおしだった。

「やっ、あ……ぁん…も、や……指、いや…」

「そうか。わかった」

「んふ…ぅ……っう、ええ!?」

やっとわかってくれたかと安堵したのは、大間違いだ。

尻を塞いでいた指の束から解放されたと思いきや、さらに大きなものをあてがわれて戦慄する。

慌ててやめさせるより早く、レオン自身が恵に押し挿ってきた。

「く……ひぅ」

苦痛に強張る身体を、彼の手が繰り返し撫でる。

挿入の衝撃で萎えた恵の性器にも、再び愛撫が加えられた。無意識に食いしばった唇へも、宥めるようなくちづけが降ってくる。

「恵。もっとリラックスして、私を受け入れて」

「っあ、う…ぁ……くる、し…」

「すぐ楽になる。力まないで」

「や……でも……ど、すれば…っ」

セックス自体が初めてで、わけがわからないのだ。

途切れながらも、たどたどしく言い募った恵に、レオンは甘く囁いた。

「じゃあ、私の言うとおりにしてごらん」

「はっ……レ、オンさ……っんああ」

指示どおりにどうにか深呼吸した途端、彼が不意に奥へ腰を進めてきた。

性器も揉みくちゃにされて、快楽と苦痛の狭間で脳が大混乱に陥る。期せずして、身体の無駄な力みは取れたが、長大な熱塊をさらに深く打ちこまれて呻いた。

「んぅ…」

「いい子だ。全部挿《はい》ったよ」

「あ……いきな、り……ひどっ」

詰る恵の額に唇を押しあてて、レオンが反省の色もなく笑う気配がした。

「今から、もっとひどいことをするからね」

「な、に……うぁ！」

ただでさえ容量過多ぎみの後孔内の楔《くさび》を動かされて、絶叫する。

敏感かつ脆弱な粘膜が、慣れない抽挿に悲鳴をあげた。

覆いかぶさるようにしているレオンの胸元を、恵はせいいっぱいの力で押しのけるが、びくともしない。

限られたスペースのソファで、逆に、素肌のあちこちに噛みつかれた。

「やだっ…あ、あっあ……んっ」

散々指で虐められた媚襞を、つつかれ捏ね回される。その上、指では届かなかった箇所まで突かれて泣き喚いた。

「レオ、さ……も、やめ…」

「素敵だよ、恵」

「んん……お願い、だ…から…っ」

もう許してと懇願する恵の喉元に、レオンがやんわりと歯を立てた。同時に、体内の彼がいちだんと膨張したかと思うと、なぜか腹の奥が熱くなった。

「あ、っは……あぁぁ」

その刺激とレオンとの間で擦れていた性器から、また白濁がこぼれる。

量は少ないながらも自らの肌を汚した射精に、頬が赤らんだ。それに気づいた彼に笑われたのが、なんともいたたまれない。

「恵も一緒にいけたね」

「あ……い、っしょ…?」

恥ずかしい指摘に動揺を覚えたのも束の間、ある単語に引っかかった。直後、繋がった腰を回すようにされて、そこからなにかが溢れる感触に身震いする。

そんな恵の耳朶を甘嚙みしつつ、レオンが囁いた。

「私の証を、恵の中に全部注いだ」

「……っ」

「これでもう、きみは私のものだよ」

「あ」

さきほどの感覚の理由をようやく悟った恵が、意味も把握してうろたえた。

つまりは、とうとう最後までセックスしてしまったわけである。それも同性とだなんて、禁忌中の禁忌だ。とてもではないが、深町にあわせる顔がない。おまけに、あれだけきつく教えられていたのに、セーフセックスの約束も守れなかった。

狼狽中の恵は、レオンの台詞を正確には理解していない。まあ、己が獲物として魔族にマーキングされたなど、想像の範囲を超えている。単純に、複雑な気分になった。

流された自分も悪いが、ちょっと強引すぎだとレオンを詰る。

「中に出すなんて、ひどいよ」

「そうだね。恵に夢中になりすぎて、スキンをつける余裕がなかった」

「……っ」

「きみがあまりに魅力的だから、きみにも責任はあるだろう」

眩暈がするほど甘ったるいことを言われて、二の句が継げない。まだ文句を言うはずが出鼻を挫かれ、しかも、やんわり責められてもいる。

おかしいと思っているうちに、体内のレオンが再び硬度を取り戻して慌てた。

「ちょっ……レオンさん、待って！」

わたわたと暴れるが、思うように力が入らない。なぜか、ひどく身体がだるかった。

おそらくは、初めてのセックスが原因だ。一回でこんなに疲れるのだから、二回目などとんでもなかった。にもかかわらず、必死に抗う恵もなんのその、レオンは優しい声音で無情に言い捨てた。

「きみが素敵なせいで、またしたくなった」

「な……も、無理だってば…」

「愛してる、恵。きみが欲しい」

「やめ……あ…あ、あぅっ」

熱い楔にひときわ強く中を擦られて、恵は二度目の快楽の罪へ堕とされた。

◇◆◇

上品な趣味の調度品が並ぶ広いリビングで、恵は些か肩身が狭かった。

なにもそれは、今座っているソファでいやらしい行為に及んだ記憶がよみがえるせいばかりではない。いや。そのことも非常に気になるが、現在の懸案事項はほかにあった。

「……あの。あ～、その…」

「おれ、はっきりしない奴、嫌い。言いたいことがあるなら、ちゃんと言ったら」

「はぁ」

向かいの席に座る懸念の張本人から、冷たい口調で言われる。

恵よりも三、四歳は年下に見えるその少年は、友好的な態度は皆無だった。つい十分ほど前に出迎えられて以来、一貫して睨まれている。

嫌われる覚えがまったくないので、どうにも途方に暮れた。着替えると言って、いったん自室へ戻ったレオンに早く姿を現してほしい。

恵がこの家に来るのは、すでに今回で片手の指では数えきれない回数になっていた。

本当は、ここで半ば無理やり身体を繋げられたときに、もう会わないと怒った。けれど、慣れない行為で疲弊した恵を宝物みたいに優しく扱い、自宅まで送り届けて、別れ際まで繰り返し愛を囁いたレオンに心が揺れた。

あれだけ恥ずかしい行為をされても、やはり彼を嫌いになれなかったのだ。

また会いたいと口説かれて断れず、請われるままレオンのもとへ通い始めてひと月あまり。今日も、週末で仕事が休みのところを誘われた。

来ればどうなるか、さすがにもうわかっている。禁忌を犯して泣くはめになるが、あの碧い瞳と甘い声で懇願されると弱かった。あいにく、自身が言い包められている自覚は恵にはない。

たしか、二度目にここを訪れた際は、美少女がお茶を出してくれた。

誰と訊ねたら、レオンは『使用人みたいなもの』だと答えた。あんなに若い女の子ががと驚くと、なぜか笑われてしまった。そういえば、その子からもけっこう邪険にされたのを思いだす。

しかし、あれは自業自得といえた。彼女がお茶を持ってきたとき、恵はレオンに愛撫されて甘い吐息を漏らしていたのだから、心証を悪くして当然だろう。

結局、名前も訊けなかったし、挨拶もできなかった。そして、彼が可愛がっているペットの鴉にも自分は覚えが悪い。

何度か顔をあわせたけれど、激しく威嚇された。レオンに触れていようものなら、蹴散らす勢いで嘴でつつかれるし、間に割りこまれる。たぶん、獣医に連れていったのを恨まれているのだ。動物は痛いことをした相手は忘れないと聞く。

痛くしたのは自分ではないと思うが、ノワールに言っても仕方ない。

まさか、正確な個人識別をして恵を攻撃しているとは、想像もしなかった。それに加えて、今日で会うのは二回目になる少年にも、なぜか嫌われている。そしてこの少年も、先日の少女に負けず劣らずの美少年ぶりだった。

顔立ちは彫りが深めだが、髪と瞳は漆黒で人種が特定しづらい。

レオンの知人なら、外国人の可能性もある。しかし、これまた普通に日本語を話されて、ますます混乱した。なにより、ふたりがどういう間柄なのか気にかかる。

なにせ、初めて会った際、少年はレオンと極めて親密そうにしていたのだ。

少年のほうからとはいえ、腕を絡めたり、ぴったり寄り添ったり、抱きついたりと、かなり近しい関係に見えた。

レオンに訊ねても、気にする必要はないと言われて終わっていた。

気にはなったが、恵の性格的に食い下がることもできなかった。人の事情を強引に訊きだすのは失礼だし下品だと、養父に教育された賜物である。それ以上に、少年は取りつく島がなくて、鈍い恵にもわかるくらい敵愾心《てきがいしん》全開だ。

つくづく、ここの住人とは相性がよくないらしい。家主とは一度も会っていないが、この分だとあまり期待はできなさそうだ。

まあ、このまま黙っていても埒があかない。だいいち、自分は少年の名前すらまだ知らないのだ。その程度なら訊ねてもかまうまいと、気を取り直して再度話しかける。

「あの、きみの名前は？　ぼくは…」

「あんたのことなんか、別に知りたくないし」

「え」

長めの前髪をかきあげながら、双眸を細めて少年が言った。

痛烈な拒絶に、恵は一瞬呆然とする。びっくりした表情で固まっていると、彼が形のいい口元を片方微かに上げた。

「おれ、あんたが嫌いなの。だから、名前も教えてやらない」

「……っ」

最高に可愛らしい笑顔だが、台詞は毒たっぷりだ。

恵が返答に窮しているところへ、待ちわびた甘い低音が割って入る。

「悪い、待たせたかな。着替えに少し手間取ってしまった。きみと会うのに、なにを着ようか迷ってね」

「レオンさん…」

ほっと視線を向けた先に、相変わらずの美丈夫がいた。迷ったというわりに、いつもどおり全身黒づくめのレオンがおかしい。

思わず笑みを浮かべていたら、彼が大股で近づいてきた。

「二日ぶりだ。よく顔を見せて」

言うが早いか、恵はソファから立ちあがらせられる。大きな手で頬を包まれ、瞳を覗きこまれたかと思うと、唇を塞がれた。

「んんっ」

うっかり瞼を閉じかけたが、ギャラリーの存在を思いだして焦る。

逞しい二の腕を拳で叩きながら、恵はどうにか抗った。

「レオ…さ……だめ……彼が…」

「彼？　ああ。あれは気にしなくていいって言ってるだろう」

「でも…っ」

「見てるだけで、なにもさせないから」

「!?」

さらりと言われた台詞に、恵は度肝をぬかれた。

淡々とした口調とは裏腹な、ディープかつ恐ろしい内容である。

だいたい、性行為の参加人数は、原則二人と決まっているのではなかろうか。場所だって、基本的に当事者のみがいる密室に限られるはずである。それが、『見学は自由。参加者はその日の気分で決める』といった具合では堪らなかった。

この世で最もプライベートな秘め事は、非公開であるべきだろう。ぜひ、法律でもって明文化してもらいたいくらいだ。

違反者には罰則規定も設けて、厳格に運用していただきたいと切に願う。

なにしろ、男同士という点ですでに、恵のキャパシティは限界に近いのだ。

泣きそうになりながら、レオンを見上げてかぶりを振った。

「…こんなところ、誰かに見られるのも嫌だよ」

「大丈夫。そのうち、嫌でも慣れる」

「だから、慣れないのっ」

「じゃあ、早速慣れる練習だ」

「な……うわ!?」

突然、足元が不安定になった。咄嗟に、すぐ目の前のレオンに摑まる。

状況を把握した頃には、恵は逞しい肩に軽々と担ぎあげられていた。

「ちょ…レオンさん、下ろして！」

「ベッドに着いたらいくらでも。…ああ。おまえもついてこい」

「そ……なに言って…」

人ひとり抱えているとは思えない軽快な足取りでリビングを出しな、レオンが背後の少年に向かって声をかけた。

信じられないと目を見開く恵を後目に、少年が肩をすくめてうなずく。

あまりの事態に唖然とする間に、寝室に着いてしまった。自ら先頭に立って、ドアを開けたりシーツを捲ったりしてレオンを手伝う少年の存在が、羞恥に拍車をかける。

ベッドに下ろされて衣服を脱がされる最中、我に返った恵が暴れた。

「やだよ。こんな……いやっ」

「恵。駄々を捏ねないで」

変わらぬ優しい微笑みで手を出してくるレオンに、泣きそうになる。

第三者がいるのは嫌だからやめてと訴えても、聞き流された。その間も、彼の器用な手は恵の抵抗をすりぬけて服を剝いていく。そうして、寝室の出窓の空間にちょこんと座った少年の前で、ついに全裸にされた。

股間を隠そうにも、両手は指を絡めて顔の横に縫いつけられている。両脚も開かされていて、間にはレオンが陣取っていた。

「レオンさ……ひど…」

「愛するきみを見せびらかしたいだけだよ」

「ぼくは、恥ずかしいのにっ」

意地悪にもほどがある。どんな羞恥プレイだと、さすがに毒づきたくなった。

ほかにももっと言いたいけれども、混乱した頭では反論もままならなかった。

ともかく、セックスだけでも恥ずかしいのに、誰かに見られながらだなんてありえない。

それとも、彼にとってはこれくらい普通なのだろうか。

さりげなく変態じみた行為を強いる彼が、なんとも恨めしかった。

いっそ、本当に嫌いになれればいいのにと思う。しかし、こんなことをされてもなぜか本気で拒絶できない自分が、かなり情けなかった。

「シャイなきみも、ものすごく可愛くて困るな」

「んん…」

双眸を細めたレオンに、噛みつくようにくちづけられた。

なんとか逃れるべく踏ん張ったが、舌を絡めとられて万事休す。

不慣れな恵の吐息を奪い尽くす勢いで、口内を侵略される。すぐに、強い眼差しに耐えきれなくなり、きつく瞼を閉じた。

「んぅ」

直後、無防備な性器をレオンの膝につつかれて呻く。

いやらしく捏ね回されて、恵は腰を揺らした。

教えこまれたばかりの快感に、未熟な肉体は弱い。深いくちづけと執拗な刺激に、もう反応しかかっている自身に動揺を覚えた。

おそるおそる瞼を開きかけると、大きな手で目を覆われた。初めて身体を繋げて以来、彼は行為を恥ずかしがる恵と、最中に直接視線があわないようにしてくれている。

それを、自分を気遣う優しさだと勘違いするおめでたさだ。

恵の唇を軽く噛みながら、レオンがすべて承知というように甘く囁いた。

「手か、それとも口で銜えようか」

「う…」

「きみが好きなほうを選んでごらん」

気持ちよくしてあげると選択を迫られても、即答できるわけがなかった。

理由は簡単だ。恥ずかしいのと、もうひとつ。あの少年がいる前で、そんな破廉恥なおねだりは無理に決まっている。

「恵?」

「いや…っ」

「だったら、このままだよ。いいのかな」

「そ、れは…」

意地悪な返事に一瞬眉をひそめるが、放っておかれてもと戸惑う。よくも悪くも素直すぎる恵のその思いは、全部顔に出ていた。

「なんなら、きみが自分でしてもいいが」

「……ぼ、く?」

爽やかな口調での代替案に、首をかしげる。レオンの台詞の意味を理解する直前、彼がつづけた。

「私にされたくなければ、きみがオナニーするしかない」

「!?」

「ああ。オナニーってわかるかな。自分で自分の性器を握って、捏ねたり擦ったり扱いたりして勃起させて、弄り倒して最終的に射精…」

「レレレオンさん!」

詳細すぎて卑猥《ひわい》な解説に、恵は大慌てで制止をかける。度重なる羞恥で、気が遠くなりそうになった。

「そんなの、ぼくも知ってるよ。したことだってあ……る」

それ以上の危ない説明を阻もうと思わず叫んで、恥の上塗りをしてへこむ。

「そ……い、今のは…っ」

「ほう。きみでもするのか。やはり男だな」

「いや、え…えっと……た、たまにだよ。その、どうしても…我慢できなくなったときに、ほんの少しだけ」

興味深げなレオンにいたたまれず、馬鹿正直に申告してしまう。

度重なる失言に恵が気づくより先に、彼が笑みまじりに言った。

「わかった。じゃあ、互いの意思を尊重しよう」

「うん……って、へ!?」

唐突に、恵の右手を摑んだレオンに、指先にくちづけられる。相変わらずの恥ずかしい仕種に溜め息をついた直後、そのまま剝きだしの股間へ手を持っていかれた。

訝《いぶか》る間もなく、己の性器を握らされる。

反射的に離す寸前、包みこむように上から手を添えられて目を瞠った。まさかと彼を見るが、視線があう前に、首筋へ顔を埋められて囁かれる。

「自力と他力、両方でいこう」

「そ……や、んん」

てっきり、やめてくれるとばかり思っていた恵の思惑はあっさり覆された。

レオンに手を添えられて性器を扱かれる妙な感覚が、羞恥心と相俟《あいま》って快感を促す。

だめだと思う気持ちとは裏腹に、熱くなっていく身体を止められなかった。

「恵。ちゃんと自分でも刺激しないと」

「っは……ん、ふ…」

「ほら、先のところを弄って」

「や…あ、あぁ……いやっ」

「そうか。仕方ないな」

「ひゃ！」

敏感な性器の先端が、不意に生温かさに襲われた。

咄嗟に見遣った先の光景を見て、恵が頬を歪めてきつく目を瞑る。端正な口元から赤い舌を覗かせたレオンが、恵の股間に顔を寄せて先走りを舐めていたのだ。

大きく脚を開かされた格好も加わり、何重もの痴態に喚きたくなった。

視界の隅に入った少年の姿が、さらに背徳感も募らせた。

「レオンさっ……こん、な…」

変なことばかりしないでくれと詰ると、甘い囁きが返ってきた。

「きみは知らないかもしれないが、これくらいは皆してるんだよ」

「そ……ほ、んと?」

確信に満ちた声で言われて、性方面に若葉マークの恵はあっさり信じこむ。なにもかもが初めてな分、レオンの言葉がすべてだ。ある意味、禁欲的な環境が災いした。とはいえ、見学者がいるのはさすがに違うだろうと指摘するよりも一瞬早く、彼がつづける。

「本当だ。だから、すべて私に委ねなさい」

「う、ん……あぅ」

「今日の蜜は、いつも以上に甘い」

「んんっ……い、やぁ」

ギャラリーがいるせいかなと呟かれ、尿道を舌でつつかれる。やんわりと噛むようにもされて、恵の腰が跳ねた。

自分では指を動かすこともできず、レオンのいいように手と口で弄られた。

第三者の目があるという自制心も、途中で快楽にすり替わる。追いあげられ、射精したくて堪らずに、恵は我を忘れてレオンに縋った。そして、唆されるまま卑猥な台詞も言い、結局、彼の口中で吐精した。

「っあ……あ、ごめ…」

涙目で謝りながらも、この瞬間の解放感と心地よさには逆らえない。

毎回、かなりの脱力感に四肢が重くなるが、うっとりしてしまう。

薄い胸を上下させて恵が呼吸を整えていると、いきなり視界が反転した。わけがわからないうちに、臀部へ軽く嚙みつかれる。だるい上体をひねり、振り返ってうろたえた。

なにせ、レオンの眼前に脚を開いて腰だけ掲げた体勢で、恥部を晒している。しかし、手足に思うように力が入らなくて、這って逃げるのもままならなかった。

「レオンさ……やだ……もうっ」

「すぐにその気になる。それに、きみの中で私も気持ちよくなりたい」

「そ……あぅ」

言いつつ、レオンの長い指が後孔を穿った。律儀にも、自分だけいい思いをするのはなんだか後ろめたいと思う恵の反抗は鈍い。

少し引き攣れた痛みに呻くと、ひんやりした感触が訪れた。

慌てて背後を見れば、尻にたっぷりとローションを垂らされている。

「うぅ……冷た…」

「少しの辛抱だ。きみのここを濡らして、ほぐさないと」

「ん、あぁ……やめっ」

「じゃあ、私が舐めるならいいのかな」

「な……」

よくない。断じてよくないと、恵は眩暈がするほどかぶりを振った。

そんなところ、見て触られるだけでも相当の羞恥を覚えるのに、舐められた日には憤死ものだろう。

腰も振って拒絶の意を表したら、笑いとともに穿つ指の数を増やされた。

舐めるかわりというように、指で弱い内壁を弄り回され、情けなくもまた恵の性器は芯を持った。

はしたない蜜をこぼし、指を三本挿れられる頃には精液でシーツを汚した。

「あっ、あ…ん……も、レオ…ンさ…」

下半身はもはや、レオンの支えなしでは倒れるばかりだ。上半身は力なくベッドに沈み、両手で枕に抱きついて喘いでいる。そこへ、彼の熱い切っ先が後孔に押し当てられた。

「くぅっ」

「恵。そんなに力まない」

「っは、あ……おっき…い」

恵が無意識に感想を漏らすと、背中に覆いかぶさるレオンにまた笑われた。同時に、楔を捩じこまれ、うなじを舐められ、吸いあげられる。

「苦しい？」

耳元でねっとり囁く彼にかぶりを振ってそれを逃れ、どうにかうなずく。すると、今度は耳朶に甘く噛みつかれた。

「私も、きみの中がきつくて苦しい。少し緩めてごらん」

「あ…ゃん」

優しい命令とともに、恵の乳首と性器へレオンの指先が絡む。

新たな刺激へ意識が逸れた途端、熱塊が最奥まで突き進んだ。その衝撃で、恵は幾度目かの精を吐きだした。

「ああっ、あ…」

かすれた悲鳴を漏らした瞬間、間近から声が聞こえた。

「なんか、超そそられる香り。おれも味見したいなぁ」

「！」

ぎょっとして視線を巡らせた恵は、さらに驚愕する。

恐ろしくも、出窓にいたはずの少年がベッド脇に来て頬杖をつき、抱かれている恵をかぶりつきで眺めていたのだ。

快楽に溺れて、すっかりその存在を忘れていた自分が信じられない。なにより、もろもろの痴態を見られたのだと思うと、落ちこみようも半端ではなかった。

射精の余韻も吹き飛び、狼狽しきりであたふたした。が、楔で縫いとめられていて動けない。しかも、レオンがゆっくりと抽挿を始めたから焦った。

「や、ちょ……見られ…っ」

「そいつは置き物だと思って。気にしないでセックスに集中だ」

「そっ……無理言わな…っん、ああ」

「まあ、背徳だの羞恥だのも、すぐに感じなくなる」

「ん…っあ…ぁうう」

レオンの指が食いこむほど、強い力で腰を引き寄せられる。その勢いで、過敏な襞《ひだ》を熱塊で掻き回された。みっしりと銜えこまされた彼が、恵の体内を遠慮なく貪る。

初めての背後位で、奥深い位置まで挿りこまれて怯えた。新しい弱点をまた見つけださ

れ、硬い凶器で弄り倒される。

「ゃあ…ん、あっあ……も、いや…」

「腰をこんなに揺らしておいて、嘘つきだな」

「う……っふ…あ、あ、あ……そこ、だめ…っ」

「恵は、私好みにどんどんいやらしくなってるね」

「んっん…ぁ」

違うと反論したいが、身も心も快楽に溺れて叶わない。

レオンの優しくも激しい行為に、恵は今日も脳みそごと蕩《とろ》けてしまった。あとはもう、彼の思うままに乱れていく。

少年の存在は頭にあっても、快感に逆らえなかった。

「あ、や……あああっ」

その視線に晒されて身悶えながら、レオンに最奥を抉られて悲鳴をあげた。同時に、ほぼ反射だけで勃っていた恵の性器も弾けた。とはいえ、出るものはほとんどない。その直後、体内に熱い飛沫が叩きつけられた。

開発されたばかりのひときわ弱い箇所への射精に、ひどく惑乱した。おまけに、彼の一回は夥《おびただ》しく量が多く、間断なく長くつづく。

「っは、ああ……あ…」

なんとも言えない感覚に震える恵を片手で抱いて、レオンが中を掻きまぜた。

小さく呻いて抗おうと思ったが、濃い疲労で手足に力が入らない。ほんのわずかに身じろいだ際、繋がったところから注がれたばかりの精液が溢れてきた。

「ん…」

慌ててそこを締めようにも、意識まで朦朧《もうろう》とし始める。

「恵？」

身体中がだるくて、話すのも億劫だった。

レオンには、さすがに今回のことは抗議しようと踏ん張るものの、言葉が出ない。

せめて、繋がりだけでもほどこうとした恵の思考は、そこで途絶えた。

腕の中で気絶した獲物を見下ろして、レオンは片眉を上げた。

射精し終えた自身を無造作に恵から引きぬき、身づくろいをする。といっても、彼を抱くときは下肢の衣服を寛げるだけなので、すぐにすむ。

ぐったりと肢体を投げだした恵は、いつになく顔色が悪かった。その原因がわかっているレオンが、そばに控えるノワールを睨む。

「誰がおまえまで喰っていいと言った」

「てへ。だって、ヴァン様ぁ。こいつってば、意外にすっごい美味しそうだったんですもん。見てたらおれ、我慢できなくなって、ちょびっと味見を」

「どこがだ。空気摂食で、精気をしっかり吸いまくってただろう」

「でもでも、ヴァン様は直接そいつの体液を飲んでたからいいじゃないですかぁ」

「馬鹿が。ふたりがかりで喰ってたら、こいつの身が持たん」

「あ、そっかぁ。すみませぇん」

舌打ちして説教するレオンに、使い魔が小さくなる。しかし、ノワールが今回の摂食で味をしめたのは間違いなかった。

勝手に恵を襲うような暴挙はないだろうが（仮にやったら秒殺だ）、今後、自分の摂食中に同席させるのはやめよう。

恵の反応が見たいばかりの意地悪が、裏目に出てしまった。

忌々しげに鼻を鳴らしつつ、レオンは呪文を唱えて恵の後始末にかかる。

「ヴァン様ぁ、そんなのおれがしますよぅ」

上目遣いのノワールが、レオンの機嫌を取ろうとしてか言った。

たしかに、これまでは任せていたが、今となっては信用ならない。自分の目が届かないところで、恵になにをされるかわかったものではなかった。

「いい。俺の目を盗んで摘み喰いしかねん」

「つ、つつつ摘み喰いなんて、おおおれ、し、しししませんからぁ」

図星だったらしく、めいっぱいうろたえるノワールに溜め息をつく。恵相手に虐めっ子モード全開で迫るときとは、まったく違うお馬鹿ぶりだ。

主のレオンを崇拝する使い魔が、恵に妬いているのは承知していた。

鴉、少女、少年と姿を変えても、徹底してねちねち虐めている。知っていて素知らぬ振りを貫くレオンも、やはり底意地が悪かった。無論、説明を求める恵へ詳細を教えないのもわざとである。

人型に変化したノワールが自分と親しげにするのを、もの言いたげな表情で見つめる彼もおもしろかった。

清浄な魂の持ち主が惑う感情を持て余し、途方に暮れる姿が一興だった。

一方で、恵は観光ガイドにも励んでくれている。一生懸命、仕事と両立してレオンの相手をしようと頑張っていた。それで疲労し、おまけに精気も奪われるのだから、愚かとしか言いようがない。

しかし、なんの駆け引きもなく、純粋な想いをストレートにぶつけてこられるのは新鮮だ。レオンの一挙手一投足で、彼はおもしろいほど表情を変える。

興味深いのは、恵にはこちらの気を惹こうという思惑がないことだ。

これまでに相手をしてきた人間たちは、仕種や言葉に限らず、身体も使って必死にレオンを繋ぎとめようとした。それは同族にもいえる。が、彼は違った。

いつも自然体の上、性行為に至っては必ず拒もうとする。だから、余計にちょっかいを出したくなる。

「というかぁ…。ヴァン様、そいつに精まで注がなくてもいいんじゃないんですかぁ。今までの人間には、一度もそんなことしてなかったのに。しかも、セックスもけっこう丁寧に、手間暇かけてしちゃったりぃ」

懲りない使い魔は、またも主人に意見した。それも、なかなか痛いところを突いてくる分、余計に腹が立つ。

レオン自身、なぜ恵を必要以上に甘やかしてしまうのか疑問だった。

過去の獲物たちは、口説き落とすまでは紳士的に振る舞ったが、一度関係を持ってしまえば、あとはどうでもよくなった。

相手が自分に堕ちる過程が楽しいのであって、その後は関心がなくなる。ただの餌になり下がるのだ。最短では、最初のセックスがすんだ途端、殺した人間もいる。長くても二、三回抱いたら、ゲームオーバーだ。その際も、レオンが相手を気遣うことなど絶対にありえない。

痛がろうが苦しもうが、泣こうが喚こうが、しょせんは餌である。

人間ふうに言えば、料理しようと調理台に魚や肉を載せておいて、かわいそうだからやめるという者はそうはいないといった感じか。

魔界でも屈指の情け知らずが、恵には本領を発揮できずにいる。

おそらく、あのまっすぐな瞳と馬鹿みたいな素直さが調子を狂わせるのだ。

ああも純粋培養された人間も珍しい。まるで、無添加無着色の優良食品だ。もしくは、無農薬野菜か。しかも、嫌悪する教会関係者のはずなのに、そばに置いても気に障らない。

それどころか、何度身体を繋げても飽きないし、欲しくなる。

回を重ねるごとに、加減を忘れて激しく抱いては恵を失神させるほどだ。

なんというか、何回抱いても清らかな雰囲気を失わない彼を、どうにかして穢したいのかもしれなかった。ゆえに、セックスのたびにその体内に自らの精液を注いで、内側から侵蝕する。

当然、牽制の意味もあった。もし、他の魔族が恵を見つけて獲物にしようとしたとき、彼の身体にレオンのマーキングがあれば、手出しされずにすむ。とはいえ、こういう方法で所有権を主張するのは初めてで、不本意ではあるが。

「だいたい、ヴァン様の精をずっと受けつづけてたら、そのうちそいつ、生粋《きっすい》の人間じゃなくなっちゃうんじゃないかなぁ」

嫌そうに呟くノワールの双眸には、羨望の色も垣間見えた。抱いてほしい気満々なのに、レオンが全然相手にしないせいだ。下半身方面にはまったく不自由しないものを、使い魔に手を出す気になどなるはずがなかった。

いちいち余計なことを言うノワールに軽い殺意を覚えつつ、レオンが答える。

「どうせ殺す獲物に、なにをしようと俺の勝手だ」

「それはまあ、そうですけどぉ」

「絶品の精気と体液の持ち主なんか、そうはいない。少しばかり優遇してもいいだろう」

「う〜…。ヴァン様がいいなら仕方ないですけど、おれ的にはぁ…」

まだ納得できないと言いたげなノワールを、鋭く一瞥《いちべつ》する。

これ以上つっかかったら殺すぞオーラを醸しだすと、ぴたりと無駄口がやんだ。

すぐさま出ていけと顎で示し、渋々従った使い魔を見届けて息をつく。

鬱陶《うっとう》しい奴だと悪態をつき、意識のない恵の後始末を終える。次いで、華奢な裸体を膝に横抱きにした。そうして、ベッドに腰かけたまま、腕の中の色を失くした彼の唇に自らの唇をあわせる。

気つけも兼ねて、奪いすぎた精気を補塡《ほてん》した。

「ん……」

ほどなく、恵が小さく呻いた。小刻みに瞼が震え、眉根が寄る。

ほんのりと赤味が戻った頰を認めた直後、彼がゆっくり瞳を開いた。

「…レオンさん?」

状況が摑めていないのか、訝しげに首をかしげる仕種にレオンが苦く笑う。

内心、この信頼しきった眼差しも元凶かと思いながら、表情を偽った。

「ああ。気がついたか」

「え? ……あ。ぼく…」

ようやく現状を把握した恵が、頰を染めた。

自分だけが裸なのも恥ずかしいらしく、身体を縮めようと身じろぐ。それをやんわり阻止して、レオンは細い肢体を強く抱き寄せた。

「きみを気絶させるまで抱くなんて、私はひどい男かな」

「う……っと、その…」

「嫌がるきみを無視して寝室にあれも入れたし、もう私のことが嫌いになった?」

「いえ、あの……それは」

「ん?」

「……っ」

互いの額をくっつけて、恵の瞳を覗きこむ。

吐息どころか、唇同士が触れあう距離で、視線を絡めて返事を促した。

初めて抱いたあともそうだったが、彼を丸めこむのはレオンには朝飯前だ。

元々が、おっとりお人好しな性格の恵だ。こちらが下手《したて》に出て情に訴えかければ、容易く折れる。実際、こんなに危なっかしくて、よくこの年まで無事だったものだと呆れる。

ある意味、恵は強運の持ち主かと思っていると、彼が恥じらいがちに囁いた。

「レオンさんを、嫌いにはなってないけど」

「本当に?」

「…うん。でも、誰かがいるところでするのは、もうだめだよ」

絶対に嫌だと眉をひそめられて、レオンは恵とは違う理由だが、二度としないと笑顔で誓った。その微笑の裏で、歯痒さも覚える。

まったく、こんな子供騙しの謝罪であっさり許してしまうなんて、やはり彼は馬鹿がつくほど人がいい。この分だと、自分がどんな悪さをしても、咎められる可能性は限りなく低いだろう。いや。レオン以外の相手でも、寛大さを発揮しそうな気がする。

それを想像した途端、なぜか胸がざわついた。どうでもいい獲物の分際で、なにかと自分の感情を掻き乱す恵に苛つく。かといって殺す気にもならず、腕の中で安堵の表情を浮かべる彼へ、苛立ちをぶつけるようにくちづけた。

「っん!?」

舌を差し入れ、吐息ごと絡めとろうとするレオンの肩を、ほっそりした手が押し返してくる。そのささやかな反抗すら、今は神経に障った。

「レオ、さ……ぼく、もう帰らないと」

目元を朱に染めてさらに拒まれたが、聞き入れるつもりはない。

軽く閉じあわされた脚の間に手を伸ばして、奥まった箇所に触れた。華奢な肩が大きく震え、恵の黒い双眸が揺れる。

「や……だめって…」

「今度は誰もいないところで、もう一度、きみを抱きたい」

「そ…っんく」

薄い叢《くさむら》に眠る性器を通り過ぎ、後孔を指で撫でる。レオンを銜えてそれほど間がないそこは、抵抗も弱かった。指二本をすんなり呑みこみ、中はしっとりと熱を持っている。

「まだ帰さないよ」

「あ、う……んぅ…んんっ」

弱々しいながらも抗う恵の唇を塞ぎ、体内を掻き回す。

嫌だとかぶりを振って逃れるのを許さず、レオンはその後、彼を散々泣かした。

無論、一度で終わらせもしなかった。なにより、摂食目的以外で人間を抱いた事実に、レオン自身、己の意図が摑めない。

恵に惹かれ始めているかもしれない事実は、間違っても認めたくなかった。

「恵、今日の夕飯のことなんだがね」

「え?」

金曜日、台所で夕餉《ゆうげ》の仕度に勤しむ恵に、深町が話しかけてきた。

いつもどおり、深町好みの和食中心のメニューを制作中である。エプロン姿で包丁を手に顔だけ振り向き、養父の台詞にきょとんと目を瞠った。

「なにか食べたいものがあるの？」

首をかしげて訊ねると、深町が片眉を上げる。

「そうじゃないよ。やれやれ。レオンさんとやらに夢中で、わたしはどうでもよくなったかな」

「な、なに言ってるの。父さんだって大事に決まってるでしょ！」

心の準備もなくレオンの名前を出されて、動揺まじりに大声で言い返した。

さすがの恵も、深町には真実を打ち明けられずにいた。というか、話してどういう反応が返ってくるかが怖い。

流されるように肉体関係を持っているだけでも大問題なのに、相手は同性だ。よくて説教、悪くて激怒か。下手をすれば、親子の縁を切られかねない。

それらも悲しいけれど、自分自身の気持ちもまだ混乱中で、上手く説明できる自信がなかった。ただでさえ隠し事は苦手なのに、育ての親が相手では分が悪い。

どうか追及されませんようにと祈りながら平静を装う恵に、深町が微笑んだ。

「そうかい。わたしも恵が大切だよ。両想いでうれしいね」

「……だから、ぼくで遊ばないでってば」

「だって、わたしの恵は可愛いんだもん」

「その年で『だもん』って言うのもやめて」

深追いを免れて密かに安堵しつつも、相変わらずの養父に脱力する。

堅い職業の上位にランクインしそうな聖職者のくせに、深町は至って飄々とした性格だった。日々、幅広い年齢層と接するせいもあるだろうが、高齢をものともせず、考え方も人一倍若かった。逆に、恵のほうが思考が古いといってからかわれる。

普段の会話もこんな感じで、親子喧嘩など滅多にしなかった。

「で、晩ごはんがなに？」

逸れかけた会話をもとに戻して、あらためて訊ねる。すると、深町もそれ以上は脱線せずに答えた。

「そうそう。前に言ってた新任司祭のことだが、覚えてるかね」

「先週だっけ。教区内に新しく来たとかっていう？」

「うむ。実はわたしのかわりに、この教会の主任司祭になる人だよ」

「えっ」

寝耳に水の話に、思わず持っていた包丁をシンクに落とす。大慌てで、身体ごと深町に向き直った。

穏やかな笑顔で引退を示唆した養父を、恵はなんとも言えずに見つめた。

「そんな顔をしなくても、幼稚園の園長はしばらくつづけるよ。完全隠居するには、まだ新米の誰かさんが心配だからね」

「父さん…」

揶揄めいた台詞とは裏腹に、眼差しはどこまでも温かい。

突然の話で驚きと躊躇いはあったが、深町が決めたことだ。今さら、自分がどうこう言ったところで始まらない。とはいえ、事前に相談くらいはあってもいいのにと、少々の恨めしさと寂しさをこめて恵は呟いた。

「せめて、前もって教えてほしかったけど、どうせ父さんのことだから、ぼくをびっくりさせたかったんだよね」

「あれ。わかっちゃったか。さすが、わたしの恵」

「…少しは反省の色を見せてよ」

しんみりした雰囲気をぶち壊されて、呆れ口調でかぶりを振る。

本当にこれで七十六歳かと、お茶目ぶりを発揮する養父に頭が痛くなった。

「まあ、それはともかく。その新任司祭が今夜、恵に会いにくるから、夕飯を三人で食べようかって、わたしは一昨日だかに言ったはずだけど」

「あ！」

本題に入られた直後、恵は頭痛も吹っ飛んだ。その様子で一目瞭然だったらしく、深町がこれ見よがしに肩を落とした。

「ふむ。やっぱり忘れてたんだな」

「いや、あの…」

「そうか。わたしとの約束なんて、しょせんそんなものだよね。さっくり忘れちゃう程度の、後回しにされるようなどうでもいい、なんともつまらない…」

「つまらなくないってば！　というか、ごめんね。ほんとにごめんっ」

些か芝居じみてはいるが、深い溜め息をついての台詞に、恵が両手をあわせる。ここはひたすら謝り倒すしかなかった。

今回は、全面的に自分に非がある。レオンとの関係や今後を思い悩み、注意力が散漫になっていた。たしかに、そんな内容のことを言われた覚えがあった。

新しく、先日来たばかりの司祭との顔あわせを兼ねた食事会をすると。それをすっかり忘れてしまっていたのだ。

「ごめんね。でも、晩ごはんの量は大丈夫だよ。今夜は父さんが好きな和風のロールキャベツがメインだし、ほかも多めにつくってるから」

胃袋で釣るつもりではないが、養父の好みは知り尽くしている。

これで勘弁ともう一度謝ると、深町が目を細めた。

「茶碗蒸しもつけてくれたら、許してやろうかな」

「いいよ。つくってあげる」

たぶん、元々さほど怒ってもいなかったのだろう。あっさり直った機嫌に、恵も笑顔で請け負った。茶碗蒸しなら、幸い材料もある。ちょっと手間はかかるが、罪滅ぼしだ。

ふたりで微笑みあった瞬間、インターホンが鳴った。玄関に向かおうとした恵を、深町が手を上げて止める。

「わたしが出よう。恵は仕度を頼むよ」

「うん。じゃあ、お願い」

申し出に甘えて対応を深町に任せ、自らは料理に戻った。

時刻はまだ六時前だから、件《くだん》の新任司祭が来るには少し早い。我が家の夕飯は、大概七時過ぎなので、訪問もそのくらいだろう。となると、今の来客は誰かなと思いながらも、恵の手は忙しく動いていた。

大根をサラダ用に刻み、ロールキャベツを煮こんでいた鍋の火をいったん消す。

副菜ももう二品、下拵《ごしら》えはすんでいる。あとは、ついさきほどリクエストされた茶碗蒸しの準備をと、ボウルで卵を掻きまぜていたら、背後で足音が聞こえた。

どうやら、深町が戻ってきたらしい。振り返りもせずに、恵が話しかける。

「誰だったの。宅配の人?」

訊ねるが、返事がない。しかし、気配はすぐそばまで近づいてきた。

さては、なにか悪戯でもするつもりかと思い至る。そうはさせまいと、菜箸を持ったまま勢いよく振り向いた。

「悪さも大概にし……って、え!?」

「よう。エプロンでお出迎えはうれしいけど、菜箸でつつくのはナシだぞ」

「……な、なんで…」

呆然と呟く恵に、ノーネクタイのジャケット姿の青年が笑う。

あまりにも懐かしすぎる相手の手の甲で、軽く頬をはたかれた。それでも、まだ信じられずに固まっている恵をよそに、茶色い短髪の彼が言った。

「ひさしぶり。で、ただいま」

「嘘……雅之《まさゆき》さん?」

「ほかの誰に見えるんだよ。相変わらず、恵はぼんやりしてるな」

「な……」

「深町さんが心配するのもわかる」

「ぼくはしっかりしてるよ！」

ようやく我に返った恵が、眼前の青年を軽く睨んだ。

無遠慮なもの言いをする彼は、篠田《しのだ》雅之という。恵より七歳年上の二十八歳で、家が近所のいわば幼馴染みだった。

子供の頃は、本当によく面倒をみてもらった。

家庭の事情で同級生に虐められたときなど、篠田が庇って慰めてくれた。年の差もあり、実の兄と思って懐いていた。けれど、大学の神学科を卒業後、篠田は突如、イタリアへ留学してしまった。それ以降、今まで一度も会っていなかった。

当時、十五歳だった恵は、兄がわり不在の寂しさに明け暮れた。たまに電話で話したり、手紙は交換したが、そのうち忙しくなったのか、篠田からの返事が途絶え始めた。

しばらくは一方的に便りを出していたものの、迷惑なのかもしれないと遠慮した。それでも年に一回、クリスマスカードだけは恵から送った。無論、返信はなく、約六年の間、音信不通になっていたのだ。

それが、突然目の前に本人が現れたのだから、驚かないほうがおかしい。にしても、最後に会った頃とほとんど変わらない幼馴染みとの再会は、やはりうれしかった。

少し高い位置にある男っぽく精悍な顔に、恵が微笑みかける。

「お帰りなさい、雅之さん。いきなりでびっくりしたけど、うれしいよ。でも、いつ帰国したの？　教えてくれてたら、空港まで迎えにいったのに」

「あいにく、深町さんに止められてな」

「む。知っててぼくに黙ってたの、父さん」

篠田の肩越しに、してやったりといった笑顔で佇む深町を睨むが、どこ吹く風といった風情だ。しかも、ついでとばかりにつけ加える。

「ちょっとしたサプライズだよ。新任司祭も紹介できて、一石二鳥だし」

「どこがちょっとし……え？　新任司祭って、まさか雅之さんなの!?」

はた迷惑な遊び心を炸裂させる養父の一言に、恵は再び呆けた。

今日はまず深町の引退話で驚き、篠田の登場で度肝をぬかれ、とどめがこれである。

加減を知らない悪戯大好き老人に、盛大な眩暈を覚えた。

「……父さんってば、ほんとにもう…」

がっくりと力がぬけた際、よろけた恵の身体を篠田が支えてくれる。咄嗟に身を引きかけたものの、昔を思いだして結局甘えた。

その胸元にそっと頬をつけると、優しい手つきで髪を撫でられる。

「まあ、そういうことだ。これからよろしくな」

上目遣いで見た先に、にっと笑う幼馴染みがいる。もちろん、恵にも異存はなかった。会えなかった六年間の空白を超えて、また以前のように仲良くしたい。

「こちらこそ。よろしくね、雅之さん」

「ああ」

若く、人好きのする容貌の篠田は、きっと信徒たちにも人気になるはずだ。

背も高いしと思う恵の脳裏に、さらに長身の面影が浮かぶ。慌ててそれを消し去ろうと小さくかぶりを振る恵は、篠田の熱い眼差しに気づかなかった。


「この周辺も、すっかり変わってるな」

隣を歩く篠田が、辺りを見回しながら感慨深げに呟く。それに笑った恵が、彼を軽く肘で小突いた。

「当たり前だよ。何年経ったと思ってるの」

「そんなに経ってないだろ」

「何年も帰ってこないで、その言い様だしね」

「誰かさんは、ちっとも変わってないのにな」

六年間の不義理に悪びれたふうもなく、篠田がにやりと口元を緩める。

中学生の頃と同じと揶揄された恵の頬が引き攣った。いくらなんでも、それは失敬だろう。まあ、劇的な変貌はしていないが、それなりに大人になってはいる。とはいえ、横に並んだ幼馴染みのがっしりした体軀には敵わない分、ちょっと悔しかった。

「ぼくだって、少しは成長してるよ」

「お。さては童貞を卒業したか」

「そそそそんなこと…っ」

「ああ、やっぱりまだか。ぼんやりな恵じゃ、そっち方面とは縁遠そうだしな」

「………」

たしかに、童貞ではある。あるが、性方面には決して縁遠くなかった。むしろ縁近すぎて、体力が回復する間もなく、精力を絞りとられていたりする。

なにせ、最近ではレオンと会うたびに行為がエスカレートしていて、毎度泣かされっぱなしだ。どんなに嫌だと拒んでも、甘い懇願とやんわりした強引さで押しきられる。

断固拒否できない自分も悪いけれど、ああも激しく熱心に迫られた経験がなかっただけに、つい絆《ほだ》されてしまう。そうして、あとで悔やむのだ。

いや。それはともかく、深町につづき篠田までが、聖職者らしからぬ発言をするから呆れる。しかし、これで彼は非常に優秀で、将来有望らしい。なにを隠そう、留学先のイタリアで教会幹部の覚えもめでたかったのが、彼の悪魔祓い師《エクソシスト》としての腕前だという。

エクソシストと言われても、正直、恵はあまりピンとこなかった。

日本ではほとんど馴染みがないし、映画の世界の話といった感じだった。それより、どう考えても、下ネタを振る司祭のほうが問題だ。しかも、公道で堂々とである。

こんな罰あたりな神父の説教を、誰がまじめに聞くだろう。

品行方正を求められる判事が、実は『飲む・打つ・買う』をしまくりのようなものだ。実に嫌すぎる。

型破りなのは養父だけで充分なのにと思いながら、恵は溜め息をついた。

「そんな変なこと言う人は、離れて歩いてもらうからね」

「はいはい。もう言わないって」

きつい口調で注意したのに、なぜか篠田は楽しそうだった。暖簾《のれん》に腕押しかとげんなりしつつも、笑顔を向けられると怒りを持続できない。

ひさしぶりの再会を果たした彼とは、昨夜の食事会の間にすっかり昔みたいな気安い雰囲気を取り戻していた。その流れで、今日は所用で出かけるという彼に途中まで同行する。いつもどおりレオンに会いにいく恵と、篠田の行く方向が同じだったからだ。

そこで、どうせならこの機会にふたりを引きあわせるのもいいかと思った。

近頃は直接レオンの仮住まいへ向かうことが多いが、今日は例のカフェで待ちあわせようと言われている。お茶を飲んでから、その後の予定を決めるつもりだ。

これから先、彼らが顔をあわせることもあるかもしれないし、自分の話題にはどうしてもレオンと篠田が出てくる。ならば、ついでに紹介していたほうが、今後の彼らとの会話もスムーズになる気がした。

そういう軽いノリで、恵は思いついた。そして、篠田には友達を紹介すると言って了解を得て、いつものカフェに連れ立って入る。やはり、先に来ていたレオンのもとに急いだ。

こちらに気づいた彼に声をかけられるより早く、篠田の腕を取ってその前に立つ。

当然ながら、怪訝な視線でこちらを見たレオンに、恵は笑顔を返した。

「いきなりで驚かせてごめん。レオンさん、まずはこの人を紹介させてね。えっと、用事があるみたいだからあんまり時間がなくて慌ただしくなっちゃうけど、こちら、ぼくの幼馴染みの篠田雅之さん。今度、うちの教会で父にかわって新しく司祭を務めてくれるの。

留学先のイタリアから帰国したばかりで、まだ若いけどすごく優秀なエクソシストでもあるんだって。ぼくにとっては、兄って感じの人かな」

レオンの端正な口元が、ごくわずかに引き攣った。が、それには気づかないまま、恵は今度は篠田を見る。

「雅之さん、こちらは、レオンハルト＝ヨアヒムさん。観光で日本にいらしてて、ぼくとは偶然知りあった縁で、仲良くしてくれてるの。日本語がとても上手で、ほかにもいろんな国の言葉が話せるんだって。今日もね、レオンさんと出かけるんだよ」

「初めまして、篠田です。恵の父親からお話だけは伺っていましたが、これがしばしばそちらにお世話になってるそうで。なにぶんまだ甘ったれた奴で、ご迷惑をかけていなければいいのですが」

恵の言葉を引きとった篠田が、そつなく初対面の挨拶をする。それはいいものの、ちょっと失礼なくらいにレオンを凝視している。

長い留学生活で外国人は見慣れているだろうにと、内心首をかしげた。

まさか、幼馴染みがレオンに敵愾心を持ち、牽制中とは思いもよらない。そういえば、昔も何回かこんなことがあったっけと呑気に構える恵は、篠田の自分に対する秘めた想いにまったく気づいていなかった。

まして、暴走しそうな恋心に歯止めをかけるべく、留学に踏みきった苦悩など知るよしもない。

ただ能天気に、まるで子供扱いな篠田の言い草にむっとして隣を見上げた。

「ぼく、ちゃんとしてるよ」

「口を尖らせて言っても、説得力ないぞ」

「見てもいないくせに」

「見なくたって、おまえのことならわかるさ」

「む」

図星を指されて低く唸った恵の髪を、篠田が掻きまぜる。無論、これらすべての言動が所有権を誇示するためとは、恵は想像もしなかった。

子供時代を知られているのは分が悪いと思いつつ、レオンに視線を向けると、珍しく真顔だった。こちらも、篠田を無言で見つめている。

普段が笑顔な彼だけに、彫像のように冷たく見えて驚いた。

些か困惑ぎみの小声で、そっと呼びかける。

「……レオン、さん？」

途端、レオンの眼差しが恵へと移った。目があうと、いつもどおり優しく微笑まれて、少し安堵する。

もしかしたら、前もってなにも告げないまま、いきなり篠田に紹介したりして気分を害してしまったのかもしれない。誰だって初対面の相手には緊張するし、気も使う。それが、なんの心構えも前置きもなしなら、なおさらだ。

状況は篠田も同じだが、気心が知れているため、あとでどうとでもフォローできる。その分、恵は無意識にレオンのほうをより気にかけた。

篠田が知れば、間違いなくへこむ事実といえる。

「あの…」

突然でごめんねと再び謝罪を口にしかけた恵を遮って、レオンが席を立った。そして、篠田を軽く見下ろして、おもむろに右手を差しだした。その手を握り返している篠田も、レオンの圧倒的な長身に目を瞠っている。

「どうも、初めまして。レオンハルト＝ヨアヒムと申します。恵とはまだ短いつきあいですが、とても親しくさせていただいております。ですが、あなたのご心配には及びません。むしろ、私のほうが彼には世話になっています。…ね、恵」

「え……あ、ううん。そんなこと…」

同意を求める甘い声音に、レオンとの淫らな行為が脳裏をよぎって、頬が熱くなった。

こんな場面で思いだしていい健全な記憶ではないと、恵が慌ててかぶりを振る。

度重なる濃厚なセックスでふやけた脳みそを叱咤しつつ、空咳を繰り返して篠田へ声をかけた。

「雅之さん。もう行かないとだめなんじゃないの」

「あ?」

「ほら、用事があるんでしょ。遅れちゃうよ」

「おい。恵」

少々不自然な話題転換だが、かまわない。これ以上、レオンといる自分を篠田に見られるのは、さすがにまずかった。

どう頑張っても、レオンの前だと普通ではいられないのだ。その上、うっかり彼との禁忌の関係がばれでもしたら一大事になる。

深町にさえ秘密なのだから、篠田にも知られるわけにはいかなかった。

考えれば、こうなるのはわかったのにと、恵は浅慮な自分を地中深く埋めたくなった。

「はい。行ってらっしゃい」

退席を渋る篠田とレオンの握手をほどき、強引に篠田を回れ右させる。それでも、まだなにか言いたそうにしている幼馴染みの背中を押すと、あきらめたのか溜め息をついた。

短くレオンに辞去の挨拶をして、篠田がカフェを出ていく。

その後ろ姿を見送ってから振り向いた恵の腕が、強く摑まれた。

「レオンさん？」

「出よう」

「え？　でも、まだこのあとの予定…」

「家できみとゆっくりしたい」

「!!」

その『ゆっくり』はつまり、淫靡で爛《ただ》れた背徳の時間を指す。

今日こそは清く正しいだけの外出をという計画が、あえなく潰えたようで焦った。

とりあえず、恵は両脚を踏ん張って抵抗したが、腰のあたりを抱えられて引きずるように歩かされた。

レジで支払いをした以外、店を出ても手を離してくれない彼に戸惑う。

笑みは湛えているが、なんとなく不機嫌そうなレオンの様子にも気後れした。

「あの……なんか、怒ってる？」

「いいや」

即答が怪しい。というか、ソフトな笑顔がそこはかとなく怖い。

まるで、病院で注射器を手にした医師から『痛くないですよ』と言われるような気分だ。痛くないはずないだろうと突っこみたいが、雰囲気が許さないというか。

やんわり再度訊ねたものの、レオンはうなずかなかった。しかし、恵を抱く力は強まる一方で、鵜呑みにするのも躊躇われる。

周囲の視線をものともせずに歩を進める彼に、恵は心当たりを口にした。

「やっぱり、ぼくがいきなり雅之さんを紹介したのが…」

「違うよ。きみの幼馴染みを紹介してもらえて、逆にうれしいくらいだ。それだけ私を信頼してくれてる証拠だろう」

「う、ん…」

くれる言葉は優しいのに、どうもしっくりこない。とはいえ、あまりしつこく疑うのも失礼だし、自分の勘違いの可能性もある。

逡巡の末、レオン本人がこう言うのだから信じようと決める。きっと、今日はたまたま虫の居どころでも悪かったに違いない。逆に、いつも穏やかな笑みを湛えた彼の人間くさい部分を見られたと思うと、ちょっとうれしい。

底ぬけに人がいい恵は、どこまでも善意的思考の持ち主だった。

世の中に二枚舌を持つ輩がいると知ってはいても、何度も痛い目をみるタイプだ。

騙す側にしたら、これほどいい鴨はいないだろう。

「じゃあ、そのうちぼくの父さんも紹介しようかな」

「楽しみだ」

双眸を細めたレオンに、恵もようやく緊張を解く。けれど、やはりどうしても腕はほどいてもらえず、結局彼の仮住まいまで腰を抱かれたまま連れていかれた。


「んんっ」

玄関のドアを閉めるなり、レオンは恵の吐息を奪った。

寝室へ連れこむ間もずっと、横抱きにした彼にくちづけをつづける。かぶりを振って逃れようとする唇に甘嚙みし、至近距離で囁いた。

「舌を出してごらん」

「ゃ…」

「いい子だから、恵」

「っふ……んっ…ん」

恥じらう恵にかまわず、強引に口内を暴いた。

どうせ、レオンの台詞はすべて芝居だ。どんなに優しく紳士的な言葉だろうと、腹の底はまったく違う。

ここ最近は、猫を被るのにもいい加減、飽きてきた。特に、セックスのときが面倒くさくて、時々本能のまま振る舞いたくなる。が、それをしてしまえば、自らの正体を晒すことに繋がる。つまり、恵を殺さなくてはならない。

いつものレオンならば、一秒も迷わず決断を下す。むしろ、獲物を殺す瞬間すら楽しみながら、苦痛を長引かせて恐怖に染まった精気をも喰らい尽くす。

ところが、今回はなかなかそれを実行に移せないでいた。摂食目的以外で恵を抱いた日から、苦々しい想いが募っているにもかかわらず、どうしても殺せない。加えて、この自分がこれほどまでに人間なんかに振り回されている事実に、余計に腹が立った。

彼を見ると、無性に苛々する。だから、存在ごと消し去る意味でも殺したいが、同じくらい欲しいという矛盾した思いも抱いている。

淫らに啼かせて、細い身体の奥深くと黒い瞳に、自分だけを刻みつけてやりたい強い衝動に駆られてしまうのだ。

なにゆえ、恵にこうも執着するのか、自分で自分が忌々しい。

たかが人間風情を相手にである。その上、さきほど会った若い司祭が、さらにレオンの神経を逆撫でした。

ただでさえ、大嫌いな聖職者と顔をあわせてうんざりしていたのに、あの青年司祭と目があった瞬間、盛大に舌打ちしかけた。

なぜなら、篠田という男はレオンがかつて、唯一、遅れを取った相手の生まれ変わりだったのだ。見た目はまったく変わっていたが、あれは間違いない。覚えのある感覚が、過去の汚点を鮮烈によみがえらせた。

しかも、天敵の生まれ変わりは恵の幼馴染みで、現世でも司祭という。それも、エクソシストときた。

腕利きらしいものの、本体を晒した状態のレオンと握手までしておいて無反応とくれば、たかが知れている。その程度の輩に正体を摑ませるへまはしない。

仮にばれたにせよ、二百年前と同じ轍《てつ》は踏まないし、魔力もさらに向上したレオンの敵ではなかった。

それにしても、よりにもよって、あんなものとこんなところで会わなくてもと苛立ちは増す。いくらなんでも、最悪の偶然だ。胸くそ悪い記憶に、あの場で呪詛を吐き散らさなかっただけでも、己の自制心を褒めてやりたい。

ただ、ひとつ愉快なこともあった。天敵は、どうやら恵に特別な想い入れがあるようなのだ。

聖職者の分際で、同性に邪心を持つとはおもしろすぎる。きまじめぶった仮面の下で、幼馴染みへの煩悩《ぼんのう》で悶々としているのかと思うと笑えた。

おそらく、無法地帯の脳内では、篠田は恵を犯しまくっているのだろう。

現実で手を出せない分、想像は逞しいに違いない。今度、そこらへんをつついて遊ぶのも楽しそうだ。そんな哀れな男の大事な存在を、レオンはすでに何度も犯している。それも、自分は恵の初めての相手でもあった。

滑稽なくらい、こちらを牽制していた青年司祭を思いだして、幾分溜飲を下げた。しかし、いかにも親密そうな様子だったふたりに、まだ気分はおさまらなかった。

なにより、自分が人間ごときに嫉妬めいた感情を抱くこと自体、認め難い。

荒れる心情を持て余しながら、レオンは恵ごとベッドに倒れこんだ。

「んぅ……やめ、て…」

唇がほどけた拍子に、恵が潤ませた瞳を揺らす。

弱々しく、今日はだめだと告げられたが、聞き流した。覆いかぶさったまま、慣れた手つきで衣服に手をかける。

「レオンさ……いやっ」

「聞けないな。きみが欲しいんだ」

「そ、ぁ…っん……あ」

あらわにした胸元の小さな凝《ここ》りを口に含んだ途端、恵が身を震わせた。

比較的どこも感じやすい身体だが、中でも胸は弱い。時間と手間をかけてレオンが開発した甲斐あって、ここだけでも極めてしまうほど敏感になっていた。

舌と歯を駆使し、執拗に嬲る。舐めたり吸ったり、時折ひどく噛んだりもした。無論、もう片方も指先で虐める。

最初は抵抗していた彼も、弱点を攻められては堪らなかったらしい。胸元から引き剝がそうと必死だったレオンの頭部に、今は抱くように指を絡めている。

「あっ……あ、あぁ」

気づけば、細腰も小刻みに揺れていて、思わず笑みが漏れる。やはり、胸への刺激で性器が勃ってしまったのだ。

乳首を弄《まさぐ》る口はそのままに、レオンは彼の股間へ手を伸ばした。そして、まだ脱がせる途中だった服の上からそこをきつく揉む。

「……っ」

その途端、かすれた悲鳴をあげて、恵が上体を弓なりに反らせた。

もしやと目を瞠るレオンの手が、温いもので湿る。

彼の胸元から顔を上げると、今にも泣きそうな表情で彼が枕に片頬を埋めていた。羞恥で首筋まで朱に染めた様が、虐めてくださいといわんばかりでそそられる。

「まさか、たったあれだけでいったのか」

「う」

「しかも、服を着たままだ。堪え性がないな」

「だ、だって…」

「なに」

涙声で反論する恵の首筋に、伸びあがったレオンがくちづける。

一瞬だけ肩をすくめて、彼が恨みがましい口調でつづけた。

「レオンさんが……む、胸ばっかり、触る…からっ」

「でも、気持よかっただろう。恵は乳首を弄られるのが好きなはずだよ」

「そ……」

違うかなと、意地悪く訊ねる。答えられずに視線を泳がせる恵の、今度は耳朶を啄んだ。

咄嗟に逃げを打たれたものの、難なく翻りつく。

ついでに、割り開いた彼の脚の間を、レオンは膝で捏ね回した。

「や…ぁ、んんっ」

「これ、早く脱がないと、乾いてちょっと悲惨なことになるよ」

「!?」

笑みまじりで呟いたレオンに、意味を察した恵がうろたえる。即座に、下半身の衣服を脱ごうと両手を下肢に持っていった直後、固まった。

数秒の沈黙の後、細い声が窺うように言う。

「あの…」

「ん?」

恵がなにを言いたいのか承知で、気づかないふりをする。

焦る姿にレオンが先を促すと、言いづらそうに口を開いた。

「その……脱ぐから、あっちを向いててほしいんだけど」

おまえは思春期の少女かと、嘲笑が漏れそうになる。それも、処女のだ。

すでに、けっこうな回数セックスしておいて、どんな言い草だと呆れる。

毎回、行為に及ぶたびに、罪悪感とは違う純粋な羞恥心で抵抗する彼の慣れなさぶりは、
レオンにはまったく理解できなかった。

恵の身体で知らない箇所など、もうないと言いたい。それこそ、肌どころか粘膜の中までどんな様子だか説明できる。

なんなら教えてやるかと思いつつ、レオンは驚いたふりで切り捨てた。

「きみと私の仲でなにを今さら。いいから、脱いで」

「な……ちょ…待っ」

「ほら、腰をあげて」

「やだっ。レオンさん！」

脱がせられまいと踏ん張る恵を、力ずくで全裸に剝く。

湿った下生えと、体液で濡れた性器にほくそ笑んだ。

「恵のここは、いやらしくて可愛いな」

「や……言わな…」

「精液も甘くて、実に美味い」

「お、いしくなんか…」

そんなの嘘だと反論されたが、あいにく事実だ。あまりの珍味ぶりに、毎度きっちり精気を喰らっては腹を満たしている。

しかし、今日はいつもより気分がささくれ立っている分、手加減が難しい。

天敵との再会に加え、恵に対する己の中途半端な行動への苛立ちもあった。

「え？　レオンさん、なに…!?」

唐突に、彼の上体を起こす。きょとんとする小さな頭の後ろに手を添えて、ベッドに座ったレオンの股間へ近づけさせた。

バランスを失った細い身体が、這いつくばるような姿勢になる。その眼前に、レオンは自らの下肢を寛げて性器を出した。

息を呑んだ恵に笑みながら、漆黒の髪を撫でる。

「だったら、きみも試すといい」

「は…？」

「私のそれを銜えて」

「銜っ……」

声を裏返して呆然となった彼の口を、頬を摑んで無理やり開かせた。

ムンクの叫び状態に近い表情に笑いつつ、きっちり注意はする。

「間違っても、噛まないように。もし噛んだら、そうだね。さっきの彼に、私たちのことを教えてあげようかな」

「！」

この、なにげない軽い脅しの効果は絶大だった。

不自由な体勢にもかかわらず、恵は何度もうなずいたのだ。

予想はついたが、それほど篠田を気にかけているのかと思うと、妙におもしろくない。

自分で言った台詞なのはさておき、余計に苛ついた。

「んむっ」

半ば強引に、レオンは自身を恵の口内へ突っこんだ。とはいえ、なにぶん口が小さいので、すべてはおさまりきれない。

「う……っんぅ」

「いつも私がしてるのを真似てごらん」

「っふ…うぅ」

初めての口淫で狼狽しながらも、彼が拙く舌を使う。

間違いなく技巧的にはド下手なのに、なぜかレオンを煽った。

おそらくそれは、教会関係者を跪《ひざまず》かせて貶《おとし》めているせいだ。決して、恵に特別な感情を持っているのではない。

相手はしょせん、たかが人間ごときだ。魔族の自分が魅入られるわけがなかった。そんな馬鹿げたことがあるはずがないのだ。

半ば無理やり、自らにそう言い聞かせて、レオンは恵の下肢に背中側から手を回す。

腰だけを掲げて上体をシーツにつけ、口淫に耽る彼は、ひどく淫らだった。

「んっん…ぁ」

後孔に触れた途端、白い尻が揺れた。

レオンを銜えたまま、恵が微かに首を振る。嫌だと意思表示されたが、指を一本挿れて応酬した。

「んんっ」

「こら。途中でやめない」

「んふ…」

「いけない子には、お仕置きだ」

「はぁ……っん」

体内で指を鉤状に曲げて粘膜を擦る。特に弱い部分を、重点的に弄り倒した。

腰をくねらせた彼が、我慢できないというようにレオンを口から出す。それでも、口淫しなくてはと律儀に思うのか、顔を寄せて舌を動かす。

健気な中にも卑猥度抜群の姿に、不本意にも股間が疼いた。

先走りを舐めた恵が『苦い』と舌足らずに漏らした瞬間、レオンはその顔面へと欲望の証を解き放った。

「あ……あ、え？　…なに」

状況が把握できていない彼の頬を、白濁の液体が伝った。

口元に滴ってきたそれを無意識に舐めて、首をかしげている。

レオンの精液に塗れていても、穢れきれない雰囲気に苛立ち、おもむろに後孔の指を引きぬいた。

「っん…」

こぼれた低い呻きを後目に、恵を仰向けに押し倒す。そして、極めたばかりとはいえ、まだ硬度を保っていた自身で一気に貫いた。

「ひあっ…や……ぅう」

苦痛まじりの彼の悲鳴が寝室に響く。さほど慣らしていない粘膜がきつくレオンを締めつけたが、かまわず蹴散らした。

きつく瞼を閉じ、無意識にか上へと逃げる身体を、薄い肩を抱いて引き戻す。

痛いと泣く声も無視し、最奥まで突き挿れた。

「や、っあ……ああ、くっ」

開かせた脚を胸どころか肩につきそうなほど折りたたみ、攻め立てる。

浮きあがった腰を、ほとんど真上から突き下ろした。

怯えて縮こまっていた襞が、レオンの激しい抽挿にだんだん屈伏し始める。未熟ながらも若い肉体は柔軟で、快楽に素直だった。

萎えていた恵の性器が内側での刺激に芯を持って身を擡《もた》げ、揺れている。

鎖骨を舌で辿るようにねっとりと舐めて、レオンは低く囁いた。

「そういえば、結果を訊いてなかった」

「っは、ぁ……結っ…？」

徐々に理性を手放しつつある彼が、小さく反応する。それにほくそ笑みながら、先をつづけた。

「私の精液を舐めた感想はどうだったかな」

「……っ」

「ん？」

意地悪く囁いたレオンに、恵が薄い胸を喘がせた。

羞恥で死にそうといった様子が、本当に虐め甲斐があって堪らない。さらに答えを求めたら、拳で弱々しく肩や胸を叩かれた。それがせめてもの反抗らしい。

「教えてもらえなくて残念だ」

「も……知らな…」

「でも、きみの下の口は私を美味しく食べてくれるから、めいっぱいサービスしないと」

「え、遠慮し……んあっ」

ひときわ彼が感じる部分を抉《えぐ》り、捏ね回す。反り返った細身の性器にも、指を絡めて扱いた。同時に、レオンは白い首筋に顔を埋める。

汗ばんだなめらかな肌を舐め、吸いあげ、ときに齧りついた。

快感が高まってきた恵の全身から、極上の精気がにおい立つ。甘い香りに狂いそうになりながら、絶頂へと追いあげた。

「あっ…ゃ、レオ……さ……いやっ、あ、あ、っああ」

律動に任せて宙で揺れていた細い脚が、一瞬硬直した。その直後、レオンの手の中で彼が吐精する。

体勢が体勢だったため、恵は自らの肌を白濁で濡らした。

「ん、や……だめっ…も…ぁ」

「まだだよ」

「ぅああっ」

極めた余韻も冷めやらぬ彼の体内に、レオンも勢いよく熱い飛沫を注ぎこんだ。ただでさえ引き絞られていた粘膜が、なおもきつく蠢《うごめ》く。

「恵。私を食いちぎるつもりか」

「っく、ん……あ、あ…ぁう」

過ぎる快楽に惑乱し、身悶える恵に目を細めた。

敏感になっているのを承知で、襞の隙間に精液を塗りこめるように腰を回す。途端、小さな悲鳴を漏らして、彼が髪を振り乱した。

「や、だ…そん、な……しな…でっ」

嫌だと拒まれるが、無論やめてなどやらない。

まず、恵の肌に飛び散った美味なる体液を丁寧に舐めとる行為で、次にぬかずの二度目に突入して泣かせた。

繋がったまま、問答無用で恵ごと上体を起こす。

要するに、レオンがベッドに胡坐をかき、恵と向かいあった状態の座位である。

「う…」

急激な体勢変化に伴い、恵が息を呑んだ。動揺まじりに唇を噛む仕種に、結合部に触れたレオンが笑う。さきほど注いだ体液が溢れる感触を、恵は必死に耐えているのだ。

最初の頃こそ、生での射精は嫌だと文句を垂れていた彼も、今はなにも言わない。口先三寸で『愛してるから直にきみを感じたい』と丸めこんだせいだ。

こちらの言動をいちいち真に受ける素直さが、都合がよくも忌々しい。しかも、恵は相手《レオン》に想われているという思いあがりを、いっさいしなかった。

いまだにどこか遠慮がちで、慎ましく接してくる。そして、レオンになにかを求めたり押しつけたりしない。ただ無償で与えるといった態度に苛つく反面、そんな恵だから気になってしまう。

馬鹿がつくお人好しなところも、すぐ快楽に流される弱さも、すべてが好ましく映るのだ。しかも、極上の珍味でもある。

どうにかしてやりたくて、けれど殺す気にはなれずに鬱憤《うっぷん》は溜まる一方だ。

「今日は、きみを帰したくないな」

内心の葛藤は微塵も見せず、レオンは瞳を閉じたままの彼に甘い台詞を呟いた。

「そ……だめ、だよ」

そうして断られて腹が立ち、強引な手段に出る。

「でも、恵。帰るって、どうやって?」

「ど、って…」

「着て帰る服はあるのかな。きみ、さっき下着ごと自分の精液でびしょびしょに濡らしたのを忘れてるね」

「……っ」

恵が着衣のまま、堪えきれずに極めてしまった事実を指摘した。すると、恥ずかしさのあまりか、レオンの肩口に彼が顔を伏せた。

黒いシャツをきつく握り、意地悪だと詰られたがかまわない。

朱に染まった小さな耳朶に齧りついて、レオンは囁いた。

「明日帰るまでには、ちゃんと洗濯してあげるよ」

「自分で、する…から」

どこまでも遠慮深い恵に、誰がそんな暇を与えるかと密かに思う。

「あとで、家に外泊の連絡を入れるね？」

「………」

まだ渋る彼の臀部を鷲摑み、割り開いて軽く突きあげる。直後、細い悲鳴がこぼれた。

「や…っあ、あ……レオ…」

「恵、返事は」

「んん、ん……やあっ」

それでもうなずかない恵を、レオンは虐めモード全開で攻め立てる。その後、無理やり承諾を取りつけ、ほぼ一晩中泣かせつづけた。
当然、精気も喰らったが、無意識に摂食をセーブしている自分に気づいて舌打ちした。

◇◆◇

教会の敷地内の花壇に水をやりながら、恵はぼんやりしていた。

閉園後、まっすぐ帰宅したのはいいが、まだ夕方の早い時間帯だ。買いだしに行かなくても食材はあるし、夕餉の仕度自体、もう少しあとでいい。

ならば、レオンの観光ガイドをと思うけれど、会えば即ベッドインという現状では、迂闊に顔もあわせづらかった。まして、初めての朝帰りから日も浅い。

あの夜の羞恥極まる己の痴態を思いだすたび、地中深くめりこみたくなる。

あんな上品そうな風貌で、恥ずかしいことばかりする彼がちょっと恨めしい。やはり、レオンは噂に聞く変態だろうかと疑いが増す。とはいえ、まさか直接本人に『変態ですか?』と変態疑惑を質すわけにもいくまい。

結局、あれよあれよと破廉恥行為を拒めずに流されている。

だめだとわかっているのに、レオンの前だと強い拒絶ができなくて困った。

そんなもろもろの事情で、なんとなく手持無沙汰の恵は、水やりを始めたのだ。

地面に染みこんでいく水分を見つめて、また溜め息をつく。ここのところ溜め息の連続で、自分でもどうしようもなかった。

言わずもがな、理由はレオンとの不適切な禁忌の交流だ。

押しきられた形とはいえ、彼と関係を持ってしまってからすでにひと月半が経つ。

どんなに気ままな観光旅行でも、滞在期間に限りはあるだろう。別れの日は必ずやってくるし、確実に近づいている。もしかしたら、明日それを告げられるかもしれない。

最終的に強引で困る言動も多いが、どことなく謎めいた雰囲気のレオンに、恵は心惹かれていた。同性とわかっていて、その手を拒めない自分が情けなくも、傾く想いを止められずにいる。にもかかわらず、この気持ちが、単なる好意なのかそれ以上なのかは、まだ曖昧だった。

身体まで繋げておいて、なにを呑気なと呆れるが、初めての恋で自覚がない恵の鈍さが、絶賛炸裂中といえる。なにより、レオンの本心もよくわからなかった。

一応、口説かれたし、会うたびに恥ずかしくも甘い台詞で溺死させられそうになるが、どうも彼にはほかにも親密な相手がいるようなのだ。

先日、初めてレオンと一夜を過ごした翌朝、恵はあの少年と再会した。レオンが浴室に行っている隙を見計らい、小姑魂全開で虐めにきたノワールである。無論、恵はその正体に気づいていない。

ただ、抱かれたあとのしどけない姿を見られるのがいたたまれず俯く恵に、少年は尖った口調で言った。

「ねえ。このベッドで眠ったのは自分だけとか思ってる?」

「いえ……その、レオンさんも…」

恥ずかしさを堪えて律儀に答える。しかも、思いきり的外れだが、本人は大まじめだ。レオンに抱きしめられる格好でふたりで眠っていたと恵が言うと、少年が忌々しげに眉をひそめた。

「あんた、ほんっと馬鹿だな。そんな意味なわけないだろ」

「え……」

「あの人のセックスが激しいって知ってるのは、あんたに限った話じゃないって言ってるんだよ。だから、思いあがるなってこと」

「……っ」

「せいぜい、今を楽しんどけば? 先はどうなるかわかんないし」

さすがに意味を把握して絶句する恵に、少年はにんまり笑った。

つまりは、眼前の少年もレオンとそういう仲ということか。

前から怪しいと思ってはいたものの、実際に示唆されるとかなり堪えた。反面、少年が恵へ辛辣な態度を取る理由がわかった気もした。

そのときに胸に刺さった棘はぬけないまま、現在に至る。

レオンが自分にくれる優しさや求愛が、すべて嘘とは思わない。思わないが、全面的に信じきれなくもなった。否、この場合、修羅場になってもおかしくない状況だろう。

なにせ、雨霰《あられ》と愛を囁いて恵に無体を強いる男が、裏では浮気三昧なのだ。

普通なら、張本人の胸倉を摑んで締めあげるくらいはする。張り手の往復も、罪状からしてきっと許される。さらに手厳しくいくと、それぞれの相手を交えて話しあいという名の泥仕合に持ちこむ。

そんな、かなりの大騒ぎになるはずの事態だが、恋心に無自覚な恵は、レオンを詰るといったことすら思いつかなかった。それ以前に、先が短いつきあいだと承知で彼を受け入れた自分を責める。

自らの想いも定まらずにずるずると関係をつづけたのも、言い訳できなかった。

こんな中途半端な気持ちで、さすがにもうこれ以上会わないほうがいいのではと思う。が、レオンの碧い瞳を思いだすと決心が鈍った。

「でも…」

ここで流されてはだめだと小さくかぶりを振った瞬間、肩を叩かれた。

驚いて振り向いた先に、篠田が立っていた。

「雅之さん」

「ひとりでなに百面相してるんだ。おもしろすぎるぞ」

「そんなことしてないよ」

見られていた決まり悪さで、カッと頬が火照った。その直後、恵は軽い眩暈に襲われる。手にしていたホースを取り落とした。

よろめいた身体が、力強い腕に抱きとめられた。

「恵!?」

「……っ」

「おい。大丈夫か」

「ごめ……すぐ、おさまる…から」

篠田の胸元に縋ったまま、恵が小声で呟く。

実は、さほどひどくはないが、近頃よく眩暈の発作が起きるようになっていた。おそらく、寝不足が原因だ。仕事とプライベートの両方を、頑張りすぎている自覚はある。

食事で栄養を摂るよう心がけているが、まだ不充分らしかった。

「真っ青だぞ」

どこか具合でも悪いのかと心配する篠田に、恵は薄く微笑んだ。

「平気だよ。たぶん、貧血だと思うし」

「たぶんって、病院で検査はしたのか」

「おおげさでしょ。ちょっと寝不足がつづいてるせいだから」

「おまえがそう言うならいいが……っ!?」

安心させたい一心で恵が顔を上げた瞬間、篠田が不意に言葉を切った。

どこか愕然《がくぜん》とした表情で、しきりに首をひねっている。

「雅之さん？」

きょとんと目を瞬かせる恵の全身を凝視しながら、彼は眉をひそめた。

「恵、おまえ…」

「なに」

「いや。あのな」

昔から、些か過保護ぎみな幼馴染みだ。やはり病院に行けと言われるのかと思い、先回りして重ねて平気だと言い張った。すると、篠田はらしくなくなにか言い澱《よど》み、妙なことを訊ねてきた。

「おまえ、黒魔術っていうか、悪魔的儀式とかしてないよな」

「はあ？」

あまりに質問が意外すぎて、恵はぽかんとなった。

言葉はわかっても、その内容は理解できなかった。

司祭の手元で育っておいてなんだが、宗教的にコアな部分はほとんど知らない。そこへ持ってきて、黒魔術だの悪魔的儀式だの言われてもさっぱりだ。やり方すら想像つかない話である。

医学的な専門知識皆無の人間にメスを持たせて、脳外科手術をしろと強要するのに近いたとえというか。

さては、篠田のいつもの悪ふざけかと思い至る。真顔で冗談が言える彼は、この手の悪戯に関して深町並みの要注意人物なのだ。

自分の呆けた顔を見て、きっと内心笑っているに違いなかった。

眩暈の発作がおさまった恵が、身を起こして篠田を軽く睨む。

「もう。またぼくをからかって遊んで」

「あ？」

「どうせ、悪魔が憑《つ》いてるせいで貧血になったとか言うんだよね」

「あ～……だよな。そういうファンタジー発想がナチュラルにできる奴だよ、おまえは」

「む」

揶揄されて憮然とする恵にかまわず、篠田がつづける。

「まあ、おまえに限ってありえないか。でも、あの感覚…」

「ああもう、いいから。うだうだ言ってないで、暇なら水やり手伝って」

まだなにか言いたげな彼に、問答無用でホースを持たせた。そんな自分の強気な言動を、なぜレオンにも適用できないのか不思議だった。

しかし、この日以来なぜか、篠田は頻繁に恵との時間を取るようになった。おかげで、レオンと会う機会が減り、その週末の休みも篠田と過ごした。

突然の幼馴染みの行動に戸惑いつつも、離れていた期間の穴埋めのつもりだろうとできる限りつきあった。それに、正直助かるとも思った。

レオンとはもう会わないほうがいいと考えた矢先だったので、篠田の誘いは好都合だったのだ。先約があるという理由で、レオンとの約束は電話で断ることが多くなった。

申し訳なく思う一方で、会えないと想いは募る。けれども、やはり罪悪感や後ろめたさが勝って、恵は会いたい気持ちを封印した。

そうして一週間が過ぎた頃、予想外のできごとが起こった。

なんと、レオンがわざわざ深町宅までやってきたのだ。驚く恵に、数日ぶりに見る美貌が優しく微笑んだ。

「やあ。きみの顔が見たくて、我慢しきれずに来てしまったよ」

「あ……」

「約束もしてないのにね。それとも、私のことなど忘れてしまったかな」

端正な口元を悪戯っぽく片方上げて言われて、慌ててかぶりを振る。

自分のほうこそ、レオンに忘れられそうで怖かった。否、会わない間に帰国しやしないかと気が気ではなかった。

彼の自分に対する想いへの不審はまだあるが、それらが恵の本音だ。

どんなに忘れたくても、嫌いになろうとしても、叶わなかった。仕事中や篠田と会話中も、ふとした拍子に脳裏に浮かぶのは碧い瞳だった。

誰かを想ってこんなに胸が苦しくなるなんて初めてで、恵は困惑しきりだ。特に、自分がレオンにとって大勢の中のひとりなのがつらかった。

しかし、自らの気持ちをどう説明すればいいのか混乱しているうちに、彼の長い腕が伸びてきた。当然といったように、恵を抱きしめる。

「会いたかったよ。きみは?」

「う……ええと……ぼくも」

「本当に？」

「うん。あなたのことばかり、考えてた」

うっかり本心を告げてしまって、頬が熱くなった。

おろおろと視線を泳がせていると、額にレオンの唇が降ってくる。次いで、こめかみ、頬へとすべり、最後に恵の唇がやんわり啄ばまれた。

自宅の玄関先でと慌てる恵に、甘い低音が囁く。

「このまま、きみを連れだしてもいいかな」

「でも…」

「NOは聞かない。力ずくでも攫《さら》っていく」

「レオンさん、せめて父に書置きを…っ」

「あまり焦らすと、ここで押し倒して犯すよ」

「そ……」

上品な紳士の口から漏れた、乱暴かつ犯罪ちっくで下品な台詞に耳を疑った。

思わず倒れそうになった恵を難なく支えて、優雅な脅迫者が繰り返す。

「今の私は恵にひどく飢えてるんだ。きみが欲しくて堪らないから、正直、場所なんかどこでもかまわないいんだよ」

「……っ」

いいや。どうか、ぜひ場所だけはかまってくださいと叫びたくなる。それ以前に、こんなところで本当に破廉恥行為に及ばれては堪らない。まして、そこを深町や篠田に見られた日には、一生立ち直れなくなりそうだ。

「いいいい行こう。すぐ出発」

震える声で促すと、レオンが満面の笑みを湛えた。

相変わらずの強引なやり口に困りながらも、やはり拒めない。そういう自分がほとほと情けなかった。そしてこのあと、恵は彼の部屋でこれまで以上に激しく求められ、散々翻弄されて泣かされた。

それ以降も、禁忌の想いと罪悪感の狭間で苦悩する恵を、レオンは自宅まで迎えにきては連れだした。

大概、篠田との約束を反故《ほご》にして出かけるので、当然幼馴染みにはいい顔はされなかった。また、身体のだるさも改善せず、眩暈もつづいた。

さらに、レオンの仮住まいにいるあの少年も懸念材料だった。顔をあわせるたび、なにかと嫌味を言われてはさすがに落ちこんだ。

無自覚とはいえ、慣れない恋愛感情と嫉妬心で途方に暮れた恵は、ある日決意した。

もはや、これ以上は自分の胸中にだけ隠していられない。こうなったら、誰よりも信頼する養父にすべてを打ち明けてしまおう。

たぶんきっと怒られると思うが、このままひとりで悩むよりは建設的だろう。

それでも、なかなか言いだせずに二日が過ぎた。どうやって切りだせばいいか迷っていたら、三日目の夕餉の準備中、手伝ってくれていた深町が苦笑まじりに言った。

「恵。いい加減に待ちくたびれたよ」

「え?」

意味を摑めずに首をかしげた恵に、隣に立つ養父が双眸を細めた。

「わたしに、なにか言いたいことがあるんじゃないのかな」

「なんで…」

「そりゃ、わかるよ。よくも悪くも、恵は素直でわかりやすい性格だからね。心ここにあらずって感じで仕事もろくに手についてなかったようだし、溜め息ばかりついて、わたしを目で追いかけてはかまってほしそうな顔をしてただろう」

「そ、うだっけ」

ばればれだったと言われて、些かばつが悪かった。

仕事で手をぬいたつもりはなかったが、ここ数日ミスが多かったのはたしかだ。

今後気をつけますと殊勝に反省すると、深町が深くうなずいた。

「まあ、それはいいとして。なにかあったのかね」

「うん。ええと…」

慈愛に満ちた眼差しで促されて、覚悟を決める。この告白で、親子の間に溝ができるかもしれないと恐れながらも、迷いを振りきった。

「ぼく……ぼくね、ある人とその……親密なおつきあいをしてて。親密っていうのはつまり、か、身体の関係もあったりするんだけど、問題はそこじゃなくて、なんていうかあの……相手は実は、お、男の人なんだ。しかも、ぼく以外にも親しくつきあってる人がいるみたいな……って言っても、彼自身はたぶん独身で、ぼくもそのことは納得ずく、とは言えないけど、それでも嫌いになれなくて…。もちろん、こんなのいけないってぼくも思うし、罪悪感もあるよ。父さんにも怒られるってわかってる。でもっ……でもどうしても、彼の碧い瞳を見るとだめで……ごめんなさい」

話している途中で包丁を置いた恵は、いたたまれずに項垂れた。

そういえば、レオンが既婚者かどうかも訊いたことがなかったと、今さらながらに気づく。深い関係になる前に、確認すべき基本事項なのにと、自らの浅はかさを痛感した。

家庭や恋人がある身で誰かを摘み食いする男がいるのは、恵とて承知だ。レオンも母国に本命がいても、全然おかしくない。天涯孤独とは言っていたけれど、それは肉親に限った話とも取れる。むしろ、あれだけの男ぶりでなにもないほうが疑わしい。

それらを再認識して、あらためて罪の意識に囚われた。

とてもではないが、深町の顔を見る勇気はない。どんな悪戯をして叱られた過去より、今が一番怖かった。

まるで判決を待つ被告人の心境で、恵が息を殺す。

永遠にも感じられた沈黙の後、意外にも穏やかな声が返ってきた。

「ふむ。わたしの恵も、そういう年頃になったか」

「はい？」

「子供の成長は早いねぇ。ついこの間、オムツが取れたと思ったのに」

「……父さん、思い出をはしょりすぎ」

二十年近くも前のことを、最近扱いする深町を力なく窘《たしな》める。

いくらなんでも、いい加減すぎると頭痛を覚えた。いや。それより、今は重大な告白中なのだ。ふざけている場合ではない。

やや咎める視線で、恵は上目遣いに養父を見つめた。

「あのね、ぼくは真剣なんだよ」

「だから、わたしもまじめに愛息子《まな》の恋バナを聞いてるだろう」

「どこがまじめ……って、恋!?」

ここで、なんでそんな若者言葉を知っているのか突っこみたかったが、聞き捨てならない単語を耳にした衝撃のほうが強くて声が裏返った。その反応をおもしろそうに眺めながら、深町がおっとり言う。

「要約すると、見つめられるだけでメロメロになる碧い目の人と只今恋愛中っていう、惚気話なんじゃないのかな」

「そ……れ、恋愛なんかじゃ……というか、論点が違うし!」

「ん?」

相手が同性という点を、あっさりスルーした深町がわからない。しかも、予想に反してまったく怒ってもいないから、余計に困惑する。

通常こういった場合、『気は確かか』とか『血迷うな』、『馬鹿を言え』等の怒号が飛ぶのではなかろうか。無論、多少の暴力もありだ。とにかく、収拾のつかない修羅場と化すのが常套のはずである。

間違っても、穏やかな笑顔でメロメロだなどと呑気な発言はありえない。

深町の職業倫理上からしても、最もタブーとされる大問題なのだ。罵倒されたあげく、勘当されてもおかしくはなかった。

底なし沼級に摑みどころのない養父に、恵が溜め息をつく。

「…なんで怒らないの」

途方に暮れて呟いた。もしかして、本当は笑顔の裏で見放されているのかもとの怖い想像とは裏腹に、優しく微笑まれる。

「その必要がないからだよ」

「でも、ぼく……男の人と…」

「それがどうしたんだい。そんな些細な問題より、恵にも心から愛する人ができてよかったじゃないか」

「些細って…」

世間の常識とか道徳を些細と言いきる深町は、確実に非常識といえる。

めいっぱい苦悩していた自分が、なんだか馬鹿みたいな気がした。

「だいいち、恵はわたしの息子だが信者ではないんだから、教義に縛られる必要はない。誰を愛そうが自由だ。それに、恵が選んだ人なら、わたしは誰だろうと反対はしないよ。まあ、うちの子をほかの人間と天秤にかけられるのはさすがに業腹《ごうはら》なんで、今度会ったときにでも、恵以外とはさっさと手を切れとやかましく文句を言わせてもらおうかな。…しかし、ある程度は覚悟していたとはいえ、わたしだけの可愛い恵だったのを他人に盗られるのはちょっと、いや、かなり悔しいねぇ。けど、仕方ない。子供はいつか、親の手元を離れるものだからね。意地でも寂しさを堪えて祝福しないと」

「……………」

「ただし、わたしの大切な息子が最終的に幸せになるのが絶対条件だがね」

「父さん…」

底ぬけな度量の広さを発揮する深町に、恵は呆然となった。まさか、こうもあっさり認めてもらえるとは思ってもいなかっただけに拍子ぬけした。

聖職者のくせに風変わりな姿勢も、ここまでくると呆れた。公私の区別も著しいというか、あまりにも寛容すぎて逆に無節操というか。

ある意味、深町は職業の選択を間違っている気がしてならなかった。

「で。そのレオンさんとやらを、いつ紹介してくれるんだい?」

「そ……な、なんで…っ」

おまけに、なぜか相手がレオンなのもばれていてうろたえる。

理由を訊ねると、やはり『ばればれだよ』と笑われてしまった。

わかりやすい自らの性格を恨めしく思う恵を、深町が冷やかす。

今、指摘されて初めて恋心を自覚したばかりの身には、些か話の展開が早い。とはいえ、養父に打ち明けて、少なからず胸の痛みは軽くなった。けれど、罪悪感が綺麗さっぱり消えたわけではない。そんな恵に気づいたのか、深町が悪戯っぽく笑った。

「まったく。誰に似たんだか、まじめだねぇ」

「父さんじゃないのだけはたしかだよ」

拗ねたふりで睨むが、告白前と変わらぬ笑みがうれしい。

「じゃあ、どうしても罪の意識があるのなら、懺悔《ざんげ》でもしてみるかね」

「え?」

意外な提案にきょとんとなった。

懺悔とはつまり、犯した罪を神の前で洗いざらい話し、その償いを求めるといった宗教儀式だ。無論、実際に神を相手に話すのではなく、信徒の話を聞くのは司祭の役目である。ただし、悩み相談室ではないので、司祭が解決策や意見を述べることはない。友人関係にもよくあるように、胸の内を聞いてもらうだけでも気持ちが少しは晴れるといった感じらしかった。

本当の解釈とは違うかもしれないが、一種のカウンセリングのようなものだと恵は思っていた。

「でも、いいの？　ぼく…」

それこそ、さきほどの深町の言葉どおり、洗礼を受けていない未信者だ。当然、一度も懺悔の経験はないし、実のところ、やり方も知らなかった。

「かまわんさ。ほかの司祭ならともかく、わたしが相手だ。だから、正式な所作も気にしなくていい。テレビや映画の見よう見まねで充分だよ」

茶目っけたっぷりに言われて、恵も笑みを浮かべた。

「そっか。じゃあ、お願いしようかな」

それもそうかと、養父譲りの鷹揚さで素直にその案を受け入れる。

「うむ。なら、早速教会に行こうか」

「ええ？　別に明日でもいいけど」

「善は急げだ。ほら、エプロン外して」

「これって、善なの？」

即断即行の深町に驚きながらも、促されてキッチンを出た。

同じ敷地内にある教会は、司祭館からは目と鼻の先だ。懺悔室の鍵を取ってくるから先に行っていなさいと言われ、恵は一足先に向かった。

正面玄関から聖堂内に入る。祈りに来る人々のために、基本的に日中は開放されているので、出入りは自由だ。さすがに夜は戸締りをするが、施錠まではまだいくらか時間があった。そっと窺ったが、幸い、中には誰もいなかった。

安堵しつつ、いつもとは違う心境で、木製の長椅子に腰を下ろす。静寂に包まれたまま、瞼を閉じて黙想した。

しばらくの後、微かな物音が恵の耳に届いた。きっと、深町が司祭専用の別の入口から懺悔室に入ってきたのだろう。ならば、行っていいはずと目を開いて立ちあがった。

目的の部屋のドアの前で、恵はひとつ深呼吸する。

なにせ、初体験だ。ちょっとドキドキしながら、木の扉をノックして入室した。

初めて見る室内は、こぢんまりとしていた。

入ってすぐのところに衝立と、一応跪けるスペース、その前に椅子が置いてある。なるほど、この衝立で直接顔をあわせないつくりになっているらしい。

考えてみれば、そうでないと恥ずかしいなと思った。

被告人と弁護士の接見のような、相手がまる見えの状態では、些か話しづらい。最低限、匿名性を保つのは互いのためにもよさそうだった。

恵の場合、もうあまり意味はないが、これはこれで貴重な経験だ。

罪悪感も忘れ、好奇心いっぱいに目を輝かせる。衝立の向こうにはすでに人の気配があり、深町の準備も整ったようだ。

いそいそと椅子に座り、咳払いをしてから少々畏まって言う。

「じゃあ、お願いします」

「！」

そう声をかけた瞬間、衝立越しに人影が揺れた。それを、深町が深くうなずいたのだと判断し、恵は懺悔を始める。

「ぼくは今、ある人にこ、恋をしている、みたいです。でも、その人は男の人で、ぼくも男で、本当はいけないことだとわかっていますが、その……か、身体の関係も何回も持ってしまいま……」

「なんだって!?」

「ほぇ？」

まだつづくはずの言葉が、いきなり遮られた。同時に、ガタンと大きな音がして、衝立の向こうから思いがけない人物が姿を見せた。

「ま、雅之さんっ」

驚愕する恵の眼前に、椅子を蹴り倒した篠田が憤怒の形相で立っている。

恵も咄嗟に腰を浮かせたが、驚きすぎて混乱の極致にいた。

「なん、なんで……雅之さんが…」

ここにいるのか。深町がいる予定だったのにと呆然と呟くと、彼が無言で迫ってきた。避ける間もなく、強い力で二の腕を摑まれる。

まさか、ほんの十分ほど前まで別の信徒が懺悔に来ていたとは、恵には思いもよらなかった。恵と入れ違う格好で退出したばかりだったのだ。それに気づかぬまま、まだ篠田がいるところに行きあわせてしまったわけだ。

信徒の突発的な懺悔依頼だったために、深町も知らなかったのが災いした。

見たこともないくらい怖い顔の幼馴染みに、不安になる。きっと、自分の懺悔の内容に不愉快になったに違いなかった。禁忌を犯す不届き者に、怒り心頭なのだろう。

篠田の耳に入れるつもりはなかっただけに、気まずさも半端ではない。

深町並みのものわかりのよさを持つ人間など、極めて稀である。これが、ごく一般的な反応なのだと思いながらも、嫌われるのは悲しかった。

「あ……ごめ…」

言い訳もできず、とりあえず恵が謝りかけた瞬間、唐突に身体が引き寄せられた。

『え?』と思った直後、肺が潰れる勢いで篠田に抱きしめられる。

苦しさに力を緩めてくれと頼む寸前、彼が耳元で叫んだ。

「おれも、ずっとおまえが好きだったのに！」

「……は？」

予想だにしなかった愛の告白に、恵は唖然となった。

あまりにも意外すぎて、口をぽかんと開けて絶句する。

幼馴染みの篠田をそういう対象として考えたことがなくて、混乱に拍車がかかった。それ以前に、彼は聖職者だ。その一生をかけて神のみに仕える身で、世俗的な欲望を持つなどただでさえ許されない。まして、同性愛とあっては禁忌もいいところだろう。

深町が恵の道ならぬ恋心を容認することとは、根本的に違う。

「ちくしょう。こんなことになるんなら、留学なんかしないでさっさと手を出しておけばよかった」

「え。え。あの…っ」

「今さら、ほかの奴におまえを横取りされてたまるか」

「お、落ち着いて。落ち着こう、雅之さん」

「おれは至って冷静だ」

「そ……うん」

たしかに、そうかもしれない。けれど、目が据わっていて恐ろしい。

いわゆる開き直りだ。なんというか、居直り強盗にでも遭っているような気分で、恵のほうが落ち着かなかった。

しかし、ここで流されてはなるまい。きっと、一時の気の迷いだ。自分があんな懺悔をしたせいで、篠田も妙な気持ちになっているだけなのだ。

どうにか目を覚まさせなければと、恵は動揺しつつも説得を試みた。

「ほら。雅之さんは神様に仕える立場なんだから、血迷わないで」

「手遅れだな。恵血迷い歴、十年だ」

「じ…っ」

十年前といえば、恵はまだ十一歳である。

レオンとはまた別の意味で、身近に変態疑惑を持つ人間がいた。うっかり、周囲の変態生息数が高いと遠くを見る目になる。

「立場なんかどうだっていい。おまえが好きなんだ」

「そんな……困るよ」

「困るだけか?　おれが嫌いなわけじゃないんだな」

「そうじゃなくて」

なにをどう言っても、篠田には通じなかった。それどころか、ますます気持ちが昂ってきたらしく、恵を抱く腕の力が強まる。気のせいではなく、下腹部のあたりに硬い感触も押しつけられて猛烈に焦った。

危機感が募った恵が、力の限り抗う。なんとか拘束から逃れ、すぐさま踵を返して狭い懺悔室を出た。

「待て」

「あっ」

しかし、ほんの数メートル先、聖堂内で追いつかれてしまう。そこで再度、きつく抱きすくめられた。しかも、長椅子と壁の間の廊下に倒れこむようにして押し倒され、のしかかられる。

「や、やめ……雅之さん！」

「おれ以外の奴となんか許さない」

「いやっ……こんな……どうし…っんん」

制止を訴えた恵の唇を、篠田が強引に塞いだ。

渾身の力で抵抗するものの、体格と腕力の差で敵わない。

不本意なくちづけを振りほどこうと懸命にかぶりを振るが、執拗に追い縋られる。その上、慌ただしく身体も弄られて怯えた。

「んぅ……ぅ……っゃ」

「誰にもやらない。おれだけの恵だ」

口内に注ぎこむように囁いたあと、篠田の手がついに股間へ伸びてくる。

「……っ」

性器を乱暴に触られて、恵が息を呑んだ瞬間だった。

不意に、全身の負荷が消えた。そればかりか、身体を這い回る手も、馬乗りになっていたはずの篠田の重みまでなくなった。

なにが起こったのか、即座にはわからなかった。もしかして、最後の最後で篠田が血迷いから立ち直ったのだろうかと訝る。

閉じていた瞼をおそるおそる開き、おもむろに上体を起こした。すると、恵から少し離れた壁際で、幼馴染みが低く呻きながら後頭部をさすっている。その顔つきで、彼も状況を摑めていないらしいと思っていたら、背後から聞き慣れた声が聞こえた。

「やれやれ。困った事態がつづくねぇ」

「父さん?」

呑気な口調に振り向いた先、正面玄関付近に深町がいた。そして、養父の隣に立つもうひとりの姿に気づく。

「レオンさん!?」

レオンの登場自体驚きなのに、彼の様子がいつもと違っていて困惑した。

あの優しい微笑も、穏やかな雰囲気も微塵もない。まるで別人のように冷徹な表情で、不機嫌もあらわに仁王立ちしている。なにより、印象深い碧い双眸が今は深紅に光って、ひときわ異彩を放っていた。

この変貌ぶりはいったいと混乱する恵をよそに、レオンが目を眇める。

「聖堂で堂々と神父が男を襲うとは。無様だな」

痛烈な皮肉を冷ややかな声音で言ったレオンに、篠田が素早く反応した。

「やはり、貴様が元凶だったか。…悪魔め」

「俺が力を使うまで気づかない、無能なエクソシストが。さては、色惚けか」

「だ、黙れ！」

見下しきった態度を隠さないレオンが、恵には信じられなかった。が、それ以上に、ふたりのやりとりの内容を時間差で把握して、うろたえる。

「え？　え？　ええっ！」

初めて知った恋しい人の正体に、恵は度肝をぬかれた。

俄《にわか》には信じ難いが、彼らがここで嘘をつく理由はない。おまけに、レオンの変容が裏づけにもなっていた。

さきほど、恵の上から篠田が急に離れたのも、人知を超えた力が働いたとなれば、辻褄があう。とはいえ、まさかそんな存在がこの世に本当に実在しているとは、思いもしていなかった。

悪魔憑きの人を見ること自体初めてで、びっくりである。それに、恵の乏しい想像力を全開にして思いつく悪魔像といえば、身体はかろうじて人間だが、顔は牡山羊だ。しかも、角がぐりんと何重にも巻いた凶悪な面構えの半人半獣というシロモノである。

レオンが知れば、こめかみに青筋を立てて怒ること請けあいだった。

間違っても、こんなに美しい人がそうだなどと結びつかない。まだ、欧州貴族だのモデルだのになりすました詐欺師と言われたほうがうなずける。というか、初恋の相手がよりによって人外ってと、自分の趣味をちょっと疑いたくなった。

せめて、最初くらいは普通の人間で充分なのに、初っ端から、ものすごい相手に当たってしまって、恵は今さらながらにびびった。

これに比べたら、同性同士なんか微々たる問題に思えてくる。

しかし、なぜか不思議と嫌悪感や拒否感は覚えなかった。

レオンがなんであれ、恵の彼に対する想いは変わらない。こんな自分はおかしいのかもと内心苦笑しているとき、背後で篠田が立ちあがる気配がした。次いで、なにやら低い呟きが聞こえる。その途端、幼馴染みが悪魔祓いを始めたのではと思った恵が、普段の鈍さからは考えられない素早さで、自らも立ってレオンのもとに走った。

悪魔が相手とか怖いとかはまったくなく、ただこの人を守りたいと思った。そして、レオンを背にして両手を広げ、身体を張って庇う。

「なにしてる、恵！　深町さんと逃げろ」

恵たちに退避を指示したあと、篠田はレオンに向かって『おまえが憑依《ひょうい》している人の身体から出ていけ』と鋭く叫んだ。その途端、レオンが低く嘲笑したが、恵は気が気ではなかった。

なぜなら、腕利きのエクソシストと言われる篠田が、目の前の悪魔憑きを見逃すはずがない。まして、ここは神聖な聖堂内だ。レオンには、圧倒的に不利な状況だろう。

それを知っていて、放っておけるわけがなかった。

「お願い。やめて、雅之さん」

「馬鹿を言うな。祓わないでどうする」

「でも、まだなにも悪いことしてないよ。今回は見逃し…」

「見た目や言動に騙されるな。恵だって、その男の人に憑いてる悪魔に利用されてるだけだ。前に言ってた眩暈も、あれはたぶん、そいつがおまえの精気を奪ったせいだろう。エクソシストの修行中、似たような例があったのを思いだした」

「そ……」

「目を覚ませ。だいいち、人間の意識と身体をのっとってることがすでに悪事だ」

「……っ」

「だから、おまえまで憑り殺される前に、おれがその悪魔を始末してやる。どけ‼」

表情も険しく、篠田がたたみかける。

そういえば、あの眩暈はレオンと会って以降、頻発しだした。彼との逢瀬のあと、特に抱かれたあとが異常に身体がだるかったのもたしかだ。

仮にそのとおりだとしたら、ショックは大きい。今までレオンが恵に示した態度すべてが、偽りだったことになる。そうして、篠田の言い分を否定しない彼も悲しかった。

沈黙は肯定を意味している。けれど、やはりそれでも、想う心は止められない。

もうほとんど憑りつかれて手遅れだと、恵は苦笑した。

「ごめんね、どかない。レオンさんは、ぼくが守る」

「恵！」

苛立たしげに地団駄を踏む篠田を、恵は静かに見つめた。

心配してくれているのに、申し訳ないと思う。一方で、ここに至ってようやくレオンへの気持ちをはっきり自覚して、なんだかすっきりした心境でつづける。

「利用されてても、レオンさんにならかまわないんだ。ぼくは、レオンさんが大好きだから。彼に殺されるんなら、命だって惜しくないよ。だから、いいの。なにをされても、彼がなんであっても、ぼくが勝手にレオンさんを好きなだけで……って、え?」

その瞬間、恵はいきなり背後から伸びてきた手で顎を摑まれた。

「やめろ。聞くに堪えん」

「へ? ……んんっ」

盛大な告白を恥ずかしげもなくしていた恵を、次いで忌々しげな舌打ちが遮り、引き寄せられる。

気づけば、首を斜め上に捩った少々無理な体勢で、レオンにくちづけられていた。

背筋がむず痒くなる台詞を垂れ流す天然を、レオンは力技で黙らせた。

常々馬鹿だと思ってはいたが、まさかここまでとは恐れ入る。自分の正体を知ってもなお、ひた向きな想いを貫く恵に呆れた。

普通なら、恐怖を覚えて当然だ。もしくは、嫌悪感や騙されていた怒り等、負の感情を持つだろう。にもかかわらず、大好きオーラ全開の上、篠田との間に立ち塞がってレオンを庇う彼は、世界規模の変わり者だ。

まあ、あの親に育てられたとなれば、さもありなんという気もする。

なにせ、恵を連れにきたレオンを出迎えた深町の第一声が、『来たな、エロ悪魔め』だったのだから、侮れない。

腕利きらしいエクソシストが見過ごしたものをと、最初はしらをきった。

しかし、経験か直感か、老司祭は確信に満ちた眼差しで笑った。しかも、一目でこちらの正体を看破した古狸は、初対面で滔々《とうとう》と説教までしてのけた。

「おまえさんの素性については百歩譲るとして、うちの可愛い恵以外の人間にも手をつけるってのは論外だよ。どうしてもほかに餌が必要だとか、精力があり余って恵を壊しそうだって話なら、あの子にわからないようにするくらいの気遣いをしてもらわないと。まず、そこのところをどうにかしてくれんかね」

「それが神父の台詞か」

「人のことは言えんだろう。おまえさんだって、たかが人間相手にこんなところまでわざわざ足を運んでる」

「余計な世話だ。食えないジジイが」

「失礼な奴だな。わたしだって、半世紀前はおまえさん好みのぴっちぴちの美青年だったよ。絶対、ぱっくり喰いたいと思ったはずだね」

厚顔にも自画自賛した深町に、レオンの頰が引き攣る。

仮に摂食したら、確実に食当たりしそうな精気でうんざりした。

頼まれても、たとえ一世紀空腹でいたにしろ、間違っても喰わないと誓える。

「……嘘をほざくな」

「単なる事実だよ」

悪魔に嘘つき呼ばわりされた聖職者は、一向に悪びれなかった。そのまま、にっこり笑顔で、恵は聖堂にいるとレオンを案内し始めた。警戒する以前に、深町にはまったく敵対心がない。どちらかといえば、この状況をおもしろがるような節さえある。

悪魔に対しては嫌悪感剝きだしの聖職者が通常の中、まったく珍しい人種だった。

聖堂へ向かう途中では、今から恵が、レオンとの仲を悩んで懺悔の真似事をするのだと説明された。そこへちょうど自分が訪れて、深町が出迎えたらしい。

連れ立って歩く間も、古狸の恵自慢はひどかった。

やれ、あのときの恵は愛らしかっただの、このときは泣き顔が最高だっただの、本当に純粋な親心かと怪訝に思ったほどだ。そして、司祭館よりも数段居心地の悪い聖堂内に入った途端、予想外の光景が両者の目に飛びこんできた。

自分以外に組み敷かれた恵を見た瞬間、レオンは無意識に力を使っていた。

正体がばれる云々より、無断で己の持ち物に触れられた怒りが爆発した。

篠田が恵に寄せる気持ちは知っていたが、まさか実力行使に出るとは思わなかった。油断していた上、相手が天敵な分、余計に腹立たしい。しかも、ここぞとばかりに魔族の悪辣さをあげつらわれて、腸《はらわた》が煮えくり返った。

普段なら『それがどうした』と開き直って終わりなものの、恵の前でその態度を取るのは不本意ながらできなかった。

実に忌々しい限りなのだが、レオンは己の感情にきっちり決着をつけた。つまり、例外中の例外で、恵に対する自らの想いを認めたのだ。

彼に惹かれているのをごまかすのも、すでに限界だった。

摂食目的以外で恵を抱いたときから、自分の中で彼は特別な存在になっていた。

憎らしいほど愛しくて、誰にも渡したくない。だから、殺さないかわりに魔界へ攫う。

レオンの正体を知り、なおかつ精を受けた恵を人間界に放ってはおけなかった。

もはや純粋な人ではなくなりつつある彼は、まずは時間の流れから取り残される。年を取らないとなれば、異端視は免れないだろう。

獲物に情を移し、さらには己が属する世界へ連れていくなど、レオンも初めてだ。同族間でもあまりそういう話は聞かないから、稀有なケースだと思う。

おそらく、最初のうちはなにかと外野がやかましかろうが、別にどうでもいい。

レオンが恵をそばに置くと決めたのだ。誰になにを言われようと、関係ない。そう決めてきたところへ、恵のあの甘ったるい告白である。

心底呆れながらも、レオンは正直満更でもなかった。

殺されてもいいほど好きだなど、いかにもまぬけな恵らしい。そして、そんな彼だからこそ、矜持《きょうじ》を曲げても本気で欲しいと思ってしまった。

長く生きていると、本当になにが起きるかわからない。

「んっ、ん…ふ」

不意を突いたくちづけに、見開かれていた黒い瞳が潤んでいく。

同時に、腕の中で恵がわたわたと暴れだした。すぐ近くで、深町がこれ見よがしな溜め息をついたのが聞こえたのだろう。

「レオ…さ……ゃっ」

「おまえが煽ったんだろ」

かぶっていた巨大な猫をすっかり脱ぎ捨てて、レオンが言い返す。

本来の冷ややかな雰囲気も、今さら取りつくろわない。地のままで、涙目の恵の吐息を奪いつづけた。

「こらこら。少しは場所をわきまえたらどうだね」

いい加減にしろと苦言を呈する深町に、ちらりと視線を流す。

苦笑まじりの老司祭ににやりと口元を緩める寸前、レオンは嫌な気配に気づいた。直後、不快極まる祈禱《きとう》による重圧が襲いかかってきた。

思わず、くちづけをやめたレオンが舌打ちする。咄嗟に結界を張らなければ、魔に属し始めている恵までなんらかの影響を受けかねないものをと苛立った。

自分に関しては、この程度の攻撃では痛くも痒くもない。なにせ、強大な魔力を有する最上級悪魔だ。その自分を相手に、いまだ魔族本体だと気づかず、悪魔祓いをする篠田が滑稽だった。

「レオンさん、大丈夫?」

ところが、恵までがものすごく心配げな眼差しを向けてくる。

誰にものを言っているんだと思いつつ、レオンは無造作に片手をあげた。

「うわ…!?」

小さな悲鳴とともに、篠田の身体が再び弾き飛んだ。無謀にも反撃してきた懲りないエクソシストを、一撃で薙《な》ぎ倒す。

今度は背中を強かに打ちつけた篠田を嘲笑った。

「馬鹿が。身の程を知れ」

「く……」

「雅之さん、平気?」

顔を顰《しか》めて上体を起こす篠田に、あろうことか恵が心配そうに声をかける。それすら気に入らないのに、駆け寄ろうとされて、おまえはどっちの味方だと不機嫌になった。

「……あいつ、殺しとくか」

難なく片腕で恵を抱き止めた状態で、半ば本気で呟く。

横恋慕野郎の上、天敵だし、なにかと目障りだと唸るレオンに、恵が慌ててかぶりを振った。

「レオンさん、なんてこと言うの。だめだよ、そんなの」

レオンと向きあった状態で、彼が窘める。その表情には、やはり怯えや嫌悪はない。かわりに、少しの戸惑いが見てとれた。

どうやら、これまでの紳士面との違いに困惑しているようだ。

「あいつも俺を殺そうとしてるのにか」

かまわずつづけたレオンの胸元を、恵がそっと摑んだ。

「それは、ぼくがさせないから。絶対にあなたを守るよ」

「正直、おまえではあてにならん」

「ひど…」

揶揄と本音半々で言い捨てると、小さな唇が尖る。

拗ねた顔つきを隠さず、恨めしげな眼差しで見上げてくる彼が笑えた。

相手が異形と知っていながら、こうまで無防備に心を預ける生粋の人間もおもしろい。

いっそ、種族を間違えて生まれてきたというほうが真実味があった。

「ぼくだって、ここを出る間くらいはあなたの楯になれるし」

しかも、具体策を提示する健気さだ。内容は相変わらず自己犠牲で、レオンのなけなしの情（恵限定）をくすぐりまくる。

しかし、どうもこちらの力量を過小評価されているらしく、些か気に障った。なので、ついでとばかりに、また篠田を痛めつける。

壁や床に打ちつけるだけではつまらないので、窒息させてみたりもした。無論、不本意だが死なない程度に加減し、レオン的にはもの足りなかった。

「レオンさん！」

倒れて咳きこむ天敵ににんまりしていると、咎める口調で恵が止めに入った。

仕方なく、肩をすくめてそこでやめる。

「おまえの助けは必要ないと証明しただけだ。俺は、たとえここが総本山《ヴァチカン》だろうが、エクソシストが束でかかってこようが、別にどうということはない。そこらへんの低級魔族と一緒にするな。胸くそ悪い。ついでに言えば、俺は人間に憑依するのは嫌いでな。この身体は自前だ」

「え……そうなの？」

「嘘だ！」

息を切らしながらも反論した篠田を、レオンは鼻先で笑った。

たしかに、聖職者からすれば、今の台詞は信じたくない内容だろう。とはいえ、聖域や祈禱などの影響をいっさい受けず、桁外れの魔力を行使できる魔族は少数だがいる。

二世紀前の自分のように油断したり、不意を突かれない限りはほぼ無敵だ。

「嘘かどうか、俺としてはそれこそ証明してやってもいいが、こいつが止めるんでな。今回ばかりは見逃してやろう。…次はないがな」

本来なら、恵を組み敷いた罪で、前世と同様に八つ裂きするに値する。

大嫌いな天敵相手に、レオンの皮肉も絶好調だ。腕に抱いた恵の頭頂部にわざとらしく頬ずりし、所有権を見せつける。

篠田の悔しそうな表情で優越感に浸っていると、呆れたような声がかかった。

「もうそのへんで、うちのホープを虐めるのは勘弁してやってくれ。おまえさんに恵を盗られただけでも痛手なのに、力まで敵わないんじゃあ、踏んだり蹴ったりだよ」

「……深町さん。さりげなく追い打ちかけてますから」

深町の台詞で一気に脱力した篠田が、溜め息まじりに言う。そんな後輩に『おや、すまないねぇ』と老司祭は反省の色も薄い。

穏やかな表情の裏で、実は嫌がる愛息子を押し倒した篠田にむかついていたのかもしれない深町にも、レオンは宣言した。

「ジジイ。こいつはもらっていくぞ」

腕の中の恵を顎で示して、尊大に告げる。

恵と篠田がそろって息を呑む中、深町は泰然と微笑んだ。

「悪魔が天使に絆されたか」

「やかましい。つべこべぬかすと、殺すぞ」

「わたしを殺すと、間違いなく嫌われるよ。それでもいいなら、やってごらん」

「……クソジジイが」

忌々しい正論に射殺す勢いで睨むが、食えない古狸に受け流される。

どうでもいい篠田と違い、恵の親がわりの深町ばかりは扱いかねた。まして、聖職者にしては話せる分、毒づいてはいるものの、レオンも珍しく毛嫌いしていなかった。

それがわかっているわけでもないだろうが、深町がさらにつづける。

「そもそもそれが、わたしが大切に育ててきた恵を嫁にもらう態度かね」

「と、父さん、よよよ嫁って……ぼくは…」

ここで、真っ赤になって照れる恵もどこかずれている。なにより、そんな息子に目を細めている馬鹿親に、レオンはげんなりした。

「ジジイ、ふざけるのも大概にしろ」

「悪いかな。だって、悪魔に嫁入りする息子の親なんて、世の中広しといえど、きっとわたしくらいのものだよ。悪魔が婿になるなんて、おもしろいじゃないかね。ああ、もちろん。教会側には秘密にしておくから、そこらへんは心配せんでいい」

「……自分の頭の中身を心配したらどうだ」

つくづく呆れ果ててレオンが突っこむが、深町はいいのいいのと取りあわない。

恐るべきアバウトさと鷹揚さである。おまけに、己の職務への裏切りっぷりときたら、いっそ見事といえた。いくらなんでも、思考が柔軟すぎる。

ちらりと見れば、篠田は頭を抱えて唸っていた。

「あとは、そうそう。せめて年に一度は、恵に里帰りさせてほしいな。なあに。わたしが生きてる間だけだから、せいぜい十年くらいだよ。おまえさんにとっては、瞬きするような時間だろう」

軽く百二十歳くらいまでは生きそうな勢いゆえに、その約束は怪しい。

うんざりしつつ、いい加減に話を切りあげかけたとき、深町がふと真顔になった。

「頼んだよ。後生だから、わたしの愛する息子を大事にしておくれ。その子が幸せになるなら、わたしはそれこそ、悪魔とだって取引をする」

「父さん…」

一転したまじめな台詞に涙ぐむ恵に、老司祭は『幸せにおなり』と微笑んだ。

「もし、おまえさんが恵を泣かす真似をしたら、そうだな。何遍でも生まれ変わって、おまえさんにつき纏《まと》ってやろうかね」

「却下だ。神父なんぞと取引はしない」

この古狸だったら、根性で本当に転生を繰り返したあげく、つき纏われそうで嫌だ。

素気なく吐き捨てると、恵の腰を抱いて踵を返す。無論、言われずとも恵を大切にするが、わざわざ口に出すつもりもない。かわりに、ベッドの中で泣かす分は関知しないとつけ加えた背中へ、『エロ悪魔！』という篠田と深町の二重奏が聞こえた。

恥ずかしがる恵をよそに、レオンは珍しく声をあげて笑った。

その後、恵が連れてこられたのはいつもの仮住まいだった。

レオンの世界へ行くとばかり思っていたので、ちょっと拍子ぬけする。しかし、寝室の手前であの美少年と出くわして、一気に緊張した。

「あ…」

まだこの問題があったと困惑する恵の隣で、レオンが鼻先で笑う。そうして、初めて少年の名前を口にした。

「ノワール。恵いびりもいい加減にしろ」

「ちぇ～。つまんないですぅ。せっかくの娯楽だったのにぃ」

「今後は、俺と同等に扱えとは言わん。せめて、虐めるな」

「はぁい。なるべく努力しますぅ」

自分と対するときとは全然違う、少年の甘々な口調と態度は今さらなのでともかく、その名前に引っかかった。

「……ノワール？」

無意識に首をかしげた恵を、レオンと少年が笑みまじりに見つめる。

それはたしか、ペットの鴉の名前だったのではと眉をひそめた瞬間、いきなり眼前で少年の姿が霞がかったようにぼやけた。

あれ、と目をこすった直後、そこに見覚えのあるメイドの少女がいる。

「え⁉」

少年が少女へ変わったあきらかな異常事態に、ぽかんとなった。そんな恵にかまわず、今度は少女が漆黒の翼を持つ鴉へと変貌する。やわらかな羽音を立てて、レオンの肩に静かに乗った。

声もなく、ただひたすら驚いている恵を、鴉が覗きこむようにしてきた。

『あんたに拾われたの、おれ。覚えてるぅ？』

「う、うん。もちろん…」

『ここで会ったの全部おれなのに、全然気づかないんだもんなぁ』

「そ……」

どうやって気づけと？　と恵は床にへたりこみかけた。

少年、少女、鴉と、性別や種別まで違うのだ。それでわかれというのは、いくらなんでもひどすぎる。

しかし、平気で無茶を言うノワールの性格は、間違いなく飼い主に似ている気がした。というか、鴉が話していることに、遅ればせながらうろたえる。

「こいつは俺の使い魔だ。適当につきあってくれればいい」

「はあ…」

使い魔の意味がわからず、気がぬけた返事をする。恵の微妙な表情でそれを悟ったのか、レオンがつけ加えた。

「要するに、下僕だ」

「げぼ……」

使い走りをはるかに凌駕する強烈な単語に、思わず呆然となる。

脳裏に、レオンが鞭《むち》を片手にノワールを扱《こ》き使う恐ろしい想像が浮かんで、背筋が凍えた。その際、なぜか彼が軍服めいた格好だったのに深い意味はない。が、似合いすぎているのもたしかで、逆にちょっと引く。

「ただし、あまり信用するなよ。おまえの精気を狙ってるからな」

『ヴァン様、まだそれ言いますか！』

怒鳴る鴉なるものを初めて見て、さすがに恵の驚きのキャパシティも限界が近い。

レオンの正体を知った段階から、未知との遭遇つづきで神経が飽和状態になったのかもしれない。まさしく、非常識な世界かつ、なんでもありな状況なのだ。

情報の詰めこみすぎで機能不全に陥った脳が、それでもノワールのレオンに対する呼び名にだけは反応した。

出会ってから今まで、一度も聞いたことがない名前だ。

どういうことだろうと気になった恵が、まだ言いあっているふたりに、遠慮がちに割りこむ。

「あの…」

「あ？」

『なんだよぉ』

そろって意識を向けられて怯みそうになりつつも、どうにか踏ん張った。

「その、レオンさんは、本当はレオンさんていう名前じゃないの？」

訊きながら、失礼な質問をしている自覚はあった。これではまるで、おまえは嘘をついていたのかと真っ向から疑うのと変わらない。

さすがに気分を害したかと謝罪しかけた瞬間、レオンがあっさりうなずく。

「当然だ。そんなものは、対人間用の偽名にすぎん」

「ぎ……」

「レオンハルト＝ヨアヒムという名は、見た目に応じて適当につけただけだ。人間界へ来るたびに名前は変えてる。だいたい、人間どもに本名を名乗る魔族は、まずいない」

『そうそう。そんなのあたり前すぎぃ。同族同士でも通り名しか教えあわないのに、人間なんかに言うわけないしぃ』

「そ、なんだ…」

さらっと偽称を認められて、恵の反省は無駄に終わった。しかも、騙していた行為すら欠片も悪いと思っていない様子に途方に暮れる。

おまけに、しれっと人間を見下す発言をされた日には、彼らとの違いを痛感させられるようで隔たりを感じた。だいいち、大好きな相手に嘘をつかれるのも悲しいが、信用されていない事実はもっとつらい。

しょせんその程度にしか思われていないのだと、胸が痛んだ。そこへ持ってきて、レオンの劇的な態度の変貌もじわじわと効いてきて、さらに思い乱れる。

持て余して昂った感情が、涙腺を刺激した。

潤んだ目元を隠そうと俯いた恵の肩に、ノワールが飛び移ってくる。

一瞬、嘴でつつかれたらどうしようと身構えた耳元で、驚いた声がする。

『あれ。ヴァン様、こいつ泣いてますよぉ』

「あ……これは…っ」

違うと恵が言うより早く、力強い腕に腰を引き寄せられた。

大きな手で顎を掴まれ、上向かされる。不本意な涙目と、レオンの碧い双眸との視線が絡んだ。

端正な眉を片方跳ねあげて、彼が訝しげに唸る。

「なんで泣く」

「いや、その…」

「俺はまだなにもしてないぞ。というか、今さら怖くなったとかいう話なら却下だ。あいにく、おまえを手放すつもりは未来永劫ない。家に帰りたいと泣こうが喚こうが、絶対に帰さんからな。おまえは俺のものだ」

「……っ」

愛の告白めいた台詞を真顔で言われて、恵は頬が熱くなる。その上、まるで宥めるように目尻へ唇を押しつけられて、涙ではなく息が止まりそうになった。

「言え。なんで泣いてる」

誰のせいだと反論したかったが、惚れた弱みで強く出られない。

恵を気遣ってくれるレオンも嬉しくて、おずおずと不安を打ち明ける。

「だって、ずっとぼくに嘘ついてたんでしょう。正体のことはともかく、今でも…」

「あ？」

「あなたの本当の名前すら、ぼくは知らない。今のあなたは、ぼくが知ってるレオンさんとはあまりに違いすぎるし…。なにより、ぼくのことはなんでも、名前も仕事も家も、か、身体まで全部あなたは知ってるのにね。いまだに、なにも教えてもらえないってことは、あなたがぼくを信じてないからなのかなって。ぼくはあなたのこと、こんなに大好きなのにって思ったら……悲しくなっただけ」

言葉にしていくうちに、情けなくも涙がこぼれた。

眉をひそめた視線の先で、レオンが端麗な顔を顰めて舌打ちする。なんだか、とても苛々しているように見えて、恵は動揺しつつも謝った。

こんなふうに、彼を困らせるつもりは全然ない。

「ごめん。あの……ぼくの勝手な気持ちばかりぶつけちゃって。あなたには、あなたの考えがちゃんとあるよね。すべてを承知で、ぼくもついてきたんだし。それなのに……って、んむ!?」

いきなり、足元が宙に浮いて驚いた。不安定な身体を支えるべく、無意識に間近にあるレオンの首筋に腕を回してしがみつく。

あれよあれよという間に、彼に横抱きにされる格好でくちづけられていた。

『わあ。チュウ、いいなぁ』

「っふ…んっん……だ、めっ」

一連の動作で、恵の肩から階段の手すりに飛び移っていたらしいノワールが能天気に呟く。鴉に見えて鴉ではない魔族の視線に晒されて、慌てて逞しい肩口を叩いて唇を振りきった。が、至近距離にある碧い瞳に射すくめられる。

息を呑む恵を後目に、レオンはノワールのほうを見もせずに命じた。

「邪魔するな。しばらく籠もる」

『はぁい』

怖いほどの無表情で言い置き、そのまま腕に恵を抱いて寝室に入る。

手も触れずにドアを開閉させるくらいは、彼にとっては朝飯前なのだろう。恵から見れば、立派な超常現象を難なく起こしてくれる。

やはり、ひとりでについた電気に目を瞬かせていると、広いベッドに放り投げられた。

「うわ」

スプリングのきいたマットレス上で、思ったより身体が跳ねた。勢い余って、反対側の側面から落ちかける。しかし、覆いかぶさってきたレオンの長い腕に守られた。

安堵の息をつく恵の前で、彼がなにやら呟く。

聞きとれずに問い返したら、素っ気なく呪文だと返答された。

「結界を張った。これで、誰もこの部屋を覗き見できんし、聞き耳も立てられん」

「そうなんだ……ん?」

ちょっと待て。その説明でいくと、では、今まではと思い至った恵に、レオンが薄く笑う。その悪そうな顔つきから、すべてを察知した。

あろうことか、ふたりの情事は全部、ノワールに筒抜けだったのだ。

同じ空間にいなかっただけで、彼らの持つ能力を使ってしっかり覗かれていたわけである。相当な痴態の記憶に、いたたまれなさと恥ずかしさで憤死しそうになった。

さすがにあんまりだろうと、恵がレオンに文句をつける。

組み敷かれた体勢では迫力に欠けるが、すぐ間近にいる彼を睨んだ。

「ひどいよ。あのとき、あんなことはもうしないって約束したのに」

「だから、あれ以来、セックス中の部屋に誰も同席させてないだろ」

「でも、そんなの、あの子には意味ないじゃない。ちゃんとそれも禁止しないと！」

「そうだが、そこまで俺に約束させなかったのはおまえだ」

「そ……」

自分たちの正体は隠しておいて、この言い草だ。絶対、わかっていてわざと言わなかったくせにと、唇を嚙みしめる。

どんなに恵が反論しようが、言い負かされるのも悔しかった。

本性に返ったレオンは、実に性質が悪かった。優しく紳士だった性格とのギャップがすごすぎて戸惑う。とはいえ、どちらにせよ、嫌いになれない自分が一番悪い。けれど、やはり気がおさまらなくて、恵は彼の肩や胸を叩いた。

「なんで、そんなに意地悪なの」

「善良な魔族がいてたまるか。少しは考えてものを言え」

「性格だって、悪いを通り越して極悪だよ！」

「当然だろう。誰にものを言ってるんだ、おまえは」

詰っても詰ってもちっとも堪えない男に、恵が腹立ちまぎれに言う。

「さあ、誰にかな。目の前にいるのはたしかだけど、ぼくは名前も知らないし」

皮肉をたっぷりこめた台詞に、レオンが双眸を軽く瞠った。次いで、端正な口元がほころぶ。その鮮やかな微笑がやはり魅力的でうっかり見惚れていると、形のいい唇が恵の鼻先にやんわりと噛みついた。

「な、にす…」

「ヴァンだ。ノワールがさっき言ってたのを聞いてなかったのか」

「う…」

聞いたから複雑なんだと尖らせた唇を、啄ばまれる。それに無意識に応えそうになった自分を窘めて、両手で彼の胸元を押し返した。

「ちょ、待っ……ぼくも、ほんとにそう呼んでいいの」

「散々拗ねておいて今さら。単なる通り名だが、普段はおまえもそう呼べ。あと、俺が許可した場合のみ、ヴァンツェールと呼んでかまわん」

「え？　え？　それって…」

「ヴァンツェールは俺の真名だ。特別に、おまえだけに呼ぶことを許してやる。同族も知らない極秘事項だ。光栄に思え。ただし、他言無用だぞ。ノワールにもだ。もし漏らせば、おまえを含め知った者全員、皆殺しだと肝に銘じておけ」

「……っ」

最後だけ殊更鋭い口調で念を押されて、恵は何度もうなずいた。

怖い以前に、あまりに思いがけない事態に言葉を失くす。なにせ、ノワールどころか、ほかの同族も知らない真名を教えられたと知って胸が震えた。

魔族にとって名前がどれほど重要で、これが破格の扱いだと真の意味で恵が理解するのはまだ少し先の話だった。が、それでも、自分が考えるよりもずっと大切なものというのはわかった。

大胆不敵な彼をして、結界を張らないと口にしない慎重さがそれを物語っている。そして、おそらく最初から恵に教えてくれるつもりでいたのだ。

もしかしたら、彼流の誠意の示し方かもしれない。そう思ったら、どんなに冷たく怖い言動を取られても許せてしまう気がした。

「わかった。死んでも誰にも言わないって約束するよ。あなたとぼくの秘密だ」

たとえなにがあろうと、この約束だけは守ると固く誓う。

至極まじめに恵が宣誓したら、彼がにやりと頬を歪めた。

「ごねまくったわりに、まだ『あなた』呼ばわりか」

「あ……ご、ごめんね」

それもそうかと、もっともな指摘に早速教えられた名前で呼んでみる。

「えっと、ヴァ、ヴァンさん？」

「余計なものをつけるな」

「じゃあ、ヴァン」

「今は通り名でなくてもいい」

「そ、うん……ヴァンツェール」

大事にそっと囁きかけると、微かにヴァンが口元をほころばせた。

心なしか、機嫌よさげに双眸も細められる。それが、自分が彼の真名を口にしたせいだと思うと意外だったが、ちょっとおもしろかった。

「ヴァンツェールって、なんだか気まぐれな猫みたい」

可愛いと笑う恵に、猫呼ばわりされた『闇の大公』が獰猛《どうもう》に目を光らせる。

「生意気な口をたたいてくれた礼は、きっちりしないとな」

「え？　ぼくなにか変なこと言……っあ！」

またも、不可解な力が働いた。恵が身につけていた衣服が、下着に至るまで全部、ほんの一瞬で脱がされてしまったのだ。

なす術もなく全裸に剝かれて、頬を染めながらヴァンを睨む。

「こんなの、ずるいよ」

「なんでだ。手間が省けていいだろう」

「いきなりだと恥ずかしいの。ていうか、いつもぼくだけ」

「ほう。俺の裸がそんなに見たかったのか」

「そ……じゃない、わけでもなくない、かもしれなかったり…」

違うときっぱり言いきれないところが、正直者の恵らしい。だからといって、興味津々な素振りを取るのもはしたなさそうで、なんとも曖昧な返答になった。

そんな恵の視界が、唐突に変わる。

「へ⁉」

倒されていた上体が引き起こされ、ヴァンと向きあう形で座らされた。とはいえ、彼の長い脚の間に囲いこまれるような格好で、恵の腰には腕が回され、やんわりと抱き寄せられた状態だ。

間近にある薄い唇が、低く囁きかける。

「おまえが脱がせろ」

「自分で、さっきみたいに、ぱぁっと…」

「俺は別に脱ぎたくない。今まで同様、着たままで充分やれる」

「う……」

「見たがってるのはおまえだろう。だったら、やれ」

「……やっぱり、ずるい」

「あいにく、褒め言葉にしか聞こえん」

にやりと笑うヴァンは、どこまでも意地が悪かった。

どうしようと、恵は悩む。言いなりになるのは癪《しゃく》だしと思っていると、大きな手で胸元を撫でられて息を呑んだ。しかも、顔や首筋などに唇を押しあてられて困る。

「ちょっ……ぼく、まだ…っ」

「ちんたらしてると、さっさと犯すぞ」

「な……」

優しい愛撫とは裏腹な暴言に、恵がヴァンの肩口を拳で叩く。しかし、まったく堪えないどころか、耳朶を噛む逆襲に出られた。

弱い部位への攻撃で、悔し涙に目を潤ませつつ、彼のシャツに手をかける。

ボタンを外す指が、繰り返されるちょっかいで震えてままならない。それすら楽しんでいるヴァンが、心底恨めしかった。

「も、やっ……邪魔しないでよ」

「可愛がってるだけだ」

「ん…っふ」

意地悪な妨害に晒されながらも、恵はどうにか黒いシャツを脱がせてしまう。

現れた上半身は、うっすらと筋肉の張りつめた見ごたえ抜群の美しさだった。自分の貧相な身体とは、とても比べものにならない。引きしまった胸筋や腹部、逞しい肩から二の腕など、羨ましいほど理想的な肉体といえた。

彫刻みたいだと見惚れかけた恵の後孔へ、そのときヴァンの手が伸びた。

小さな窄まりをつつかれて、一気に我に返る。

「そ、こはまだ…っ」

下肢の衣服も残っているとつけ加えたが、彼の指は止まらなかった。うねうねと円を描くようにして、筒内に潜りこんでくる。

「おまえのちんたらペースにあわせるのも飽きた」

「やぅ……う、んん」

「そういや、濡らしてなかったか」

「ぁ…」

無造作な呟きのあと、体内から異物が去った。恵が安堵したのも束の間、今度は上の口へ半ば無理やり指を突っこまれる。

「んむっ」

「しゃぶれ」

二本も銜えさせられたあげく、指先で口内や舌を弄られて息苦しかった。なにより、その指はたった今まで、あそこに挿っていただろうと泣きたくなる。

問答無用の無体をせめて視線で咎めるが、唇の両端から唾液を垂らしながらの状態では説得力もへったくれもなかった。

「うぅ？」

しかも、シーツの上から胡坐をかいたヴァンの膝上へと抱きあげられる。無論、彼の腰を跨いで脚を開かされた体勢だ。

縋るものを求めて、恵は自然と眼前の厚い肩に摑まった。

「さあて」

「…っぁ」

不意に、口から指がぬかれた。唾液が銀色の糸のように尾を引くのが恥ずかしくて、視線を逸らした直後、再び後孔をつつかれて狼狽する。

「ま、待っ……ひぁ」

制止も虚しく、たっぷり濡れた彼の指が体内を穿った。

なんとか逃れたくて尻を浮かせたが、強い腕に腰を抱かれて引き戻される。

「や…んっん……っう」

「何遍犯《や》っても狭いな」

「あ、あ……ぁん」

笑みまじりの声が恵の耳元で囁く。そのまま耳の中を舐められ、やめてくれと弱々しくかぶりを振った。すると、今度はそこの薄い皮膚や首筋、鎖骨のくぼみをきつく吸いあげられて、鬱血痕《うっけつこん》が刻まれた。

同時進行で、ヴァンの指は執拗に内壁を弄り倒していた。いつの間にか、指の本数も増やされている。

弱い箇所を擦られるうちに、恵の性器も勃ちあがって震え始めた。

はしたなくこぼれる先走りで、彼の肌を汚すのがいたたまれない。けれど、それ以上に自らの揺れる腰を止められないのも恥ずかしかった。

「ん…んっ……い、や…こんなっ」

見ないでと涙声で拒む恵を、ヴァンが今さらと笑う。

「もっとよがり狂え」

「ゃ……恥ずかし…」

「いいから、啼いてろ」

「そ…っんん」

ひときわ感じる場所に強く触れられて、恵が呻く。

嫌だと彼の肩に爪を立てたが、さらにひどくされた。意趣返しに、眼前の太い首に嚙みつく。とはいっても、歯形が残るほどではない。ほんの、甘嚙み程度だ。

すぐに口を離し、どうだとばかりにヴァンを見る寸前、いきなりベッドに背中から沈められた。

「な…⁉」

あろうことか、後孔に彼の指を挿れたままである。その状況で両脚を折りたたまれ、これでもかと開かされた。当然、恥部はまる見えだ。

あまりの痴態に眩暈を覚える間もなく、ヴァンがそこに顔を埋める。

「ひぇ」

信じられない卑猥さに、恵はいっそ世を儚みたくなった。

今までも、けっこういやらしい行為をされてきたが、これは初体験だ。

あんなところを見られるだけでも毎回精神的な拷問なのに、直に舐められては本気で羞恥で死ねるかもしれない。

しかし、舌の蠢きに促されて、己の不埒な肉体が快楽を追いかけ始める。また、それに追い打ちをかけるように、開いた脚の間でヴァンと目があった。

考えてみれば、セックス中にまともに視線を絡めたのはこれが初めてで、動揺する。大概、恵が恥ずかしくて瞼を閉じていたか、レオンによって目隠しされていたためだ。

「いや…ん、やっ……ああ」

「前も後ろもぐしょぐしょにしといて、嫌とか言うな」

「う、っく……だ、れの…」

誰のせいだと潤む瞳で睨むと、彼が反り返った恵の性器の裏を舐めて笑う。

気品溢れる容貌での破廉恥極まる仕草は、余計に淫猥だった。

ぬき差しされる指が奏でる水音も、恵を追いつめる。

「まあ、七：三で、感じすぎるおまえ：俺、って割合か」

「そ……」

どういう考察の仕方をすれば、そんな明らかな捏造データができるのか。誰が考えても逆だろうと、絶叫して反論したい。

だいたい、こんな身体にしたのは誰だ。元凶の鼻先に指を突きつけて猛抗議する寸前、後孔から素早く指を引きぬいたヴァンが、すかさず凶器を突き挿れてきた。

「んくっ」

「力むな、馬鹿が」

「っは…あ、あ、うぅ」

「おい。こら。……恵」

伸びあがって覆いかぶさってきた彼が、名前を囁いて唇を舐める。

咄嗟に閉じていた瞼を開くと、碧い双眸と至近距離で視線が絡んだ。

無意識に枕元のシーツを摑んでいた恵の手が、そのまま顔の脇に縫いつけられる。

「うん…」

「おら。きっちり銜えこめ」

「あっあ……や、ぁ」

侵入を拒む襞をものともせず、怒張は進む。

なんとか吐きだしたいが、時間をかけて嬲られた粘膜が、恵の意に反して柔軟に熱塊を受け入れてしまう。

ほどなく、根本までみっしりヴァンを埋めこまれた。

下腹部が破れそうな圧迫感にうろたえる恵にかまわず、腰を揺すられる。

「やめ…ん……あ、ヴァン…っ」

「おまえの中は、狭いくせにいやらしい動きをするから侮れんな」

「そ……知ら、な…」

「無意識か。なら、躾ける余地はまだ充分ありだな」

「……っ」

意味深に薄く笑われて、恵は背筋を震わせた。

これ以上、なにをどう躾けるつもりなのか。ただでさえ、彼のセックスは濃厚かつ破廉恥三昧なものを、さらに上があるだなんて恐ろしい。

ここまでくると、もうヴァンは悪魔というより野獣《けだもの》だ。

麻酔銃ででも応戦しない限り、恵には止められないだろう。否、麻酔銃が効かない可能性もある。となれば、実弾か。いや。それはさすがにまずかろうと、半ば現実逃避しかけていたら、敏感な内壁を掻き回された。

「んあ……や、あぁ」

「セックス中にぼんやりするな」

「あ…っあ、ん……ゃん」

臀部にヴァンの下生えが擦れる。長大な楔が内部で暴れるのも堪らないが、胸や股間への悪戯でさらに惑乱した。

乳首がひりつくまで、舐めたり嚙んだりされるのは序の口だ。性器の先端をぐりぐりと弄られたあげく、射精を許されずに焦らされた。

同時に何箇所も攻められて、恵の理性も失われる。

今までのセックスよりも、数段意地悪く翻弄されているのは間違いなかった。それでも、ただ楽になりたい一心で、泣きながら彼に懇願する。

「んぅ、あ……も、ねが…いっ」

「なにをだ」

呼吸すら乱さず余裕の表情でいるヴァンに、力ない両手を伸ばして縋りつく。

「い、きた……いかせ…て」

「俺を満足させるのが先だ」

「そ……い、やぁっ」

無慈悲に言い捨てた彼が、いちだんと激しく抽挿しだす。

指では届かなかった深部まで抉られて、恵が悲鳴をあげる。髪を振り乱し、逞しい胴を両脚で挟んで制止を訴えた。が、荒々しい揺さぶりはおさまらず、散々泣かされまくる。

「ほんとに、おまえはいい顔で啼く」

「あ、っあ…んん……だ、め……も、だめ」

「そんなにいきたいか」

「っふ…」

双眸を細めたヴァンに、恵は必死でうなずいた。

頭の中は欲望一色に染まっていて、爛れたようになっている。

「おねが…っ」

「いいだろう。ただし、ちゃんとねだれ」

もう何度も頼んでいるのにと眉をひそめると、彼が恵の耳元で囁いた。そのとおりに言うだけでいいと唆され、なにも考えずに口にする。

ヴァンの大きい楔が好きだの、精液は奥にかけてだの、いっぱい中に出してだの、もっと虐めてだの、正気であれば絶対に言わない淫らなものばかりだ。しかし、性欲に支配されている今の恵は、判断力も鈍りきっていた。

そして、本能の赴くまま、要求にないことまで口走る。

「んっ……す、き……あなたが、好き。大好き……愛してる。愛して…」

「ったく。始末の悪い」

「あ、はああっ」

盛大な舌打ちの直後、性器の縛めが解かれた。

焦らされ、我慢に我慢を重ねていた分、快楽も尋常ではない。腰から下が蕩けてしまうような錯覚に陥って間もなく、恵は最奥を突きあげられて絶叫した。

「やぁっ」

「却下だ。しっかり全部、漏らさず受け止めろ」

「ひぅ……んんん」

絶頂を極めて鋭敏になっている粘膜に、熱い飛沫が迸《ほとばし》る。

叩きつけられる夥しい量の精液が、恵の体内をしとどに濡らした。自らが吐きだした白濁でも肌を汚していたが、まだ気にする余裕はなかった。

「っあ、や……動かな…」

一滴残さず注ぎこむと言わんばかりに、ヴァンが腰を押しつけて揺する。まるで、細胞にまで塗りこめるようないやらしい行動に取り乱す。

少しの刺激も勘弁してほしい恵が、彼の肩を拳で叩いた。けれど、静止どころか体内の楔が再び芯を持ち始めてひどく動揺した。

たった今、吐精したばかりなのにと、その回復力に脅威を感じる。

「う、嘘っ……もう?」

まさかと見上げた先で、端正な口元が笑みの形に歪む。

恵が漏らした胸元に散った精液を、ねっとりと舐めながら呟いた。

「誰かが煽ってくれたからな」

「な…?」

「俺の気がすむまで、めいっぱいつきあえ」

「は? あの……ひゃっ」

意味がわからず首をかしげた瞬間、繋がった部分を撫でられて息を呑む。

思わず身じろぎ、腰をひねって上体だけ側臥《そくが》になった。途端、なぜか恵の片脚をヴァンが持ったかと思うと、肩に担ぎあげられる。

「な、に……っああ」

おもむろに、ぬかずの二度目に突入されて焦った。またも恥部を晒す格好になっていて、慌てて体勢を変えようと懸命に抗ったが、難なく押さえこまれた。

「聞こえるか。ぐじゅぐじゅ言ってるぞ」

「や…っ」

さきほど恵に注いだものをわざと掻き回しながら、ヴァンが笑う。

快感と羞恥にまみれ、両手でシーツを掴んで泣き濡れた。

「おら、こぼすな。俺のが溢れてるだろ」

「そ……」

無茶を承知でからかう彼を、涙目で睨む。なにか文句のひとつでも言おうと思うのだが、違った角度でこれでもかと中を擦られるから、嬌声になってしまう。それに、空いたほうの手ではねちっこく股間を愛撫される。

「あっあ…あ、ゃう……んんっ」

恥ずかしいのに、ひどく気持ちよくて困った。

微かに戻りかけていた理性を、あっさり本能が凌駕する。

際限なく訪れる絶頂感で恵の性器も勃ちあがり、ヴァンの動きにあわせてはしたない染みをシーツにつくっていた。

「んぅ……そ、こ…」

知らず、恍惚とした表情で『いい』と呟く。途端、抽挿が激しさを増した。

「ぅあ、あ、あ、ああっ」

「そんなに腰、揺らして。すっかり淫乱だな」

「あ、っふ……く」

暴言とは裏腹に、彼の口調が案外優しくて戸惑う。とはいえ、一応怒るべきかと恵が悩んでいるうちに、身体をくるんとうつ伏せにされた。

「え？　……ぁ」

その拍子に、繋がりがほどける。閉じきれない後孔から、淫液が溢れだす感触も相俟って、恵は小さく呻いた。

どうにかそこを窄めようと力をこめた瞬間、腰を掲げられる。

無意識に身じろいだが逃げきれず、背後から再び体内を穿たれた。しかも、熱塊をすべておさめた途端、胡坐をかいたヴァンの膝に抱えあげられてしまった。

両脚を大きく左右に開かされたとんでもない体勢に、羞恥を覚える。

「や……こん、な…」

「俺にもたれてろ」

「そ…でもっ」

「やかましい」

「あぅ」

恵の反論を封じるように、荒っぽい突きあげが始まった。

引力に従って下りてきた筒内の白濁が、ヴァンが出入りするたび恥ずかしい水音を響かせる。その卑猥なＢＧＭが嫌で耳を塞ぎたいけれど、どうにか彼に縋っている状況では難しかった。

「ん、あっ……あ、あぁっ」

内壁を擦られつづけて、恵が何度目かの吐精を果たす。とはいっても、もうあまり出すものはなかった。

「堪え性のない奴だな。もっと我慢できないのか」

「だ…って」

「体力もないくせに、何回いくつもりだ」

「うぅ…」

そんなことを言われても、大半はヴァンのせいなのにと理不尽な気分になる。

だいたい、自分はちゃんと想いを告げたのに、彼ときたら口を開けばいまだに悪態つきまくりだ。恵を虐める度合いも、気のせいではなくグレードアップしている。

これでは、いくら真名を教えてもらったにせよ、割りにあわない気がした。

悪魔相手に普通の恋愛ルールを求める恵も無謀だが、本人は無自覚である。

やはり自分なんてどうでもいいのかと、泣きながら感情を爆発させた。

「ヴァン…ツェールは……ほ、本当に、ぼくが好きなの?」

「あ?」

首をひねって背後を見遣る。碧い双眸を睨んで、恵がヴァンを詰った。

「意地悪、ばっかり言って…。や、優しくない」

「またそれか。うざいぞ。いい加減にしろ」

「そ、れじゃ……わかんな…よ。ぼくを、好きか、嫌いか…。ぼくはちゃんと、あなたに言ったのに…っ」

きちんと言葉にしろと訴えたら、ヴァンが眉をひそめた。

思いきりいかにも嫌そうな顔をしたあと、呆れたように呟く。

「おまえ、馬鹿にもほどがあるだろう。そこまで壊滅的だったのか」

「な……」

あまりの言い草に絶句していると、おもむろに彼がにやりと笑った。そして、恵の唇を舐めて低く囁く。

「まあ、いい。馬鹿は永遠に悩んでろ」

「そっ……ひど…ぁん」

腰の奥を切っ先で捏ね回されて、悲鳴が漏れた。

強制的に脳を快楽へシフトさせられた恵は、ヴァンの台詞の真意を掴み損ねる。なにより、こうも激しく情熱的に抱かれておいて、好かれていないかもと不安がるほうがおめでたいだろう。

元々、性格に難ありのヴァンが、直截的な甘い言葉を言うわけがない。その分、行動で示しているのだが、鈍い恵がそれに気づく日はまだ遠かった。

「や、う…あぅ……深っ」

自分の重みで、いつも以上に深い場所まで探られて苦しい。

身悶えつつ仰け反り、彼の肩口に後頭部を擦りつけた。すかさず、唇を奪われる。ただでさえ息があがっているところへのくちづけに、恵は本気で窒息しそうになった。

「っふ、ん……んゃん」

力なくかぶりを振って抵抗するが、舌を絡められて敵わない。

後孔への突きあげもさらに激しさを増し、恵をいちだんと翻弄した。

ようやく唇が解放されても、ヴァンの唇は悪戯をつづける。恵のうなじや、耳の後ろの薄い皮膚、首筋などを舐めたり、噛んだり、吸いあげたりと忙しなかった。

「あ、あっ……も、いやっ……やめ…」

「ぎっちり俺を銜えこんでおいて、よく言う」

「そ……あぅ」

「俺にもおまえを喰わせろ」

「なに…を……ひあっ」

鎖骨から肩口あたりに、鋭い痛みを感じた。

歯形が残る勢いで、ヴァンがそこへ嚙みついたのだ。同時に、最奥を抉るようにされたあと、体内へも二度目の精が叩きつけられる。

「…っは、あ……あ、ん、あぁあ」

幾度味わっても慣れない粘膜を濡らされる感覚に、恵は身を震わせた。

断続的に注ぎこまれる精液もだが、彼に嚙みつかれている箇所も熱い。

「くぅ、ん……だ、だめ…っ」

もうやめてくれと、ぎこちなく首をひねったら、また唇を塞がれた。苦しい体勢でのくちづけに、嫌だとかぶりを振りかけた恵が目を瞠る。

見つめた先にあるヴァンの、いつもは碧い瞳が鮮やかな深紅へと色を変えていたのだ。

ここでようやく、今までのセックスで彼が視線をあわせなかった理由に思い至る。どうやら、恥ずかしがる恵を気遣っていたわけではなく、このことを隠すためだったようだ。

ぬけ目ないというか、悪知恵が働きすぎだと呆れた矢先、ヴァンが薄く笑った。

「おまえの精気は美味い。それだけは褒めてやる」

「な…」

どうやら、ヴァンは現在お食事中だったらしい。無論、食糧は恵である。

おそらく、今までもこうやって喰べられていたのだと思うと、喜んでいいのかなんとも微妙だった。

「我ながら、いい非常食を見つけた。手放せんな」

「そ、そんな扱いって……んあっ」

ひどいと文句を言おうとしたが、不発に終わる。なぜなら、食欲旺盛な悪魔が三度目を挑んできたからだ。

ベッドにうつ伏せに倒され、今度は背後位で攻められる。

「ちょっ……や、ん……も、許し…っ」

「まだだ。俺の気は半分もすんでない」

「半…!?」

殺す気かと必死に訴えても、まったく相手にしてもらえなかった。当然、恵が気絶しようが容赦なく、ヴァンに抱き倒されたのは言うまでもない。

その後、恵は魔界に連れていかれ、ヴァンに厳重に守られて暮らした。ノワールとも、徐々にうちとけた。そして、ときには深町に会いに人間界へ帰してもらう。しかし、それもほんの三、四日しか許されず、すぐにヴァンが迎えにくる。
『闇の大公』が人間の花嫁に骨ぬきだと魔界に知れ渡るのも、時間の問題だった。

あとがき

こんにちは。あるいは、初めまして。牧山です。

先日、腰に嫌な違和感を覚えて焦りました。座り仕事なので、腰痛や肩こりとは切っても切れない縁なのですが、ひどくなる前にと、通っている整体院へ行きました。

大事に至らず安心したものの、先生に『職業柄仕方ない部分以外の、普段の生活での正しい姿勢を心がけてください』と諭されました。中でも、『お行儀よく寝ましょう』という課題は、すこぶる寝相の悪い私には高いハードルです。

いざ寝ようとベッドに入っても、『お行儀よく、お行儀よく、お行儀よく…』と思うと、無駄に緊張して眠れず、浅い眠りの果てに、結局お行儀悪い姿勢になっている自分に気づいてハッと目覚め、うつらうつらしてまた妙な体勢になっていて起きるの繰り返し。

果たして、お行儀よく眠れる日が来るのか、いまいち不安です（苦笑）。

話は変わりますが、本当に今さらなのですけれど、今年の初めにサイトを開設してみました。といいましても、過去の活動記録のみに特化したごくシンプルな内容になっております。加えて、いまどきブログ機能もつけずになんなんですが、なにせあとがきすら苦手なもので、ご容赦くださいませ。

さて、今回は片割れが純粋な人間ではない話、第二弾です。とはいえ、別にシリーズものとかでは全然ありません。舞台も現代です。それぞれ、一冊できちんと完結しておりますので、心おきなく（？）お手にとってみてください。

今回、イラストを描いてくださった、しおべり由生さま。またお仕事をご一緒できて、とてもうれしいです。素敵な彼らをありがとうございます。送られてきたキャララフを見て、うっとりしました。

担当さまにもお世話になりました。そして、最後まで読んでくださった読者のかたにも感謝です。

それでは、またお目にかかれる日を祈りつつ。

牧山とも　拝

プリズム文庫をお買い上げいただきまして
ありがとうございました。
この本を読んでのご意見・ご感想を
お待ちしております！

【ファンレターのあて先】
〒153-0051　東京都目黒区上目黒1-18-6 NMビル
(株)オークラ出版　プリズム文庫編集部
『牧山とも先生』『しおべり由生先生』係

プリズム文庫

純潔は闇大公に奪われる

2008年08月23日　初版発行

著　者　牧山とも
発行人　長嶋正博
発　行　株式会社オークラ出版
〒153-0051　東京都目黒区上目黒1-18-6　NMビル
営　業　TEL:03-3792-2411　FAX:03-3793-7048
編　集　TEL:03-3793-8012　FAX:03-5722-7626
郵便振替　00170-7-581612(加入者名:オークランド)
印　刷　図書印刷株式会社

ISBN978-4-7755-1231-9